唐詩中的旅遊

李金早 主編

（上）

【詩詞中的旅遊】系列

中華教育

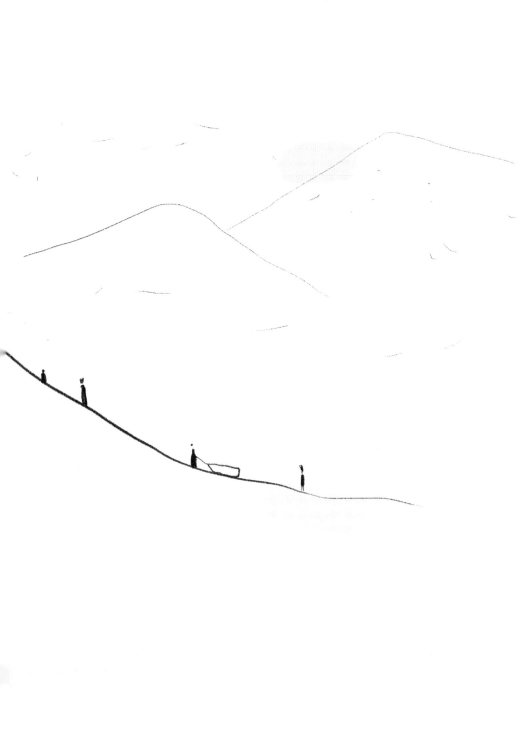

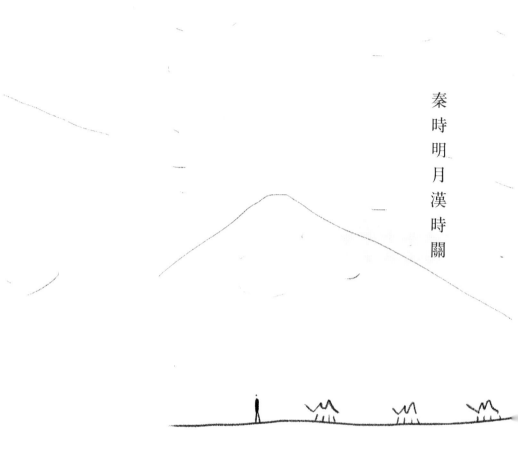

第 一 章

秦時明月漢時關

絲綢之路起源於漢代，它不僅是中西方經濟交流的紐帶，也是中西
文化交流的重要途徑。在這條西北邊塞的通商之路上，既有大漠孤
煙、駝鈴聲聲，也湧現了無數歷史傳奇與英雄豪傑。尤其是在唐
代，隨着國力的強盛，許多詩人踏上了這條充滿理想的傳奇之路，
去實現自己建功立業的渴望與追求。這些邊塞詩歌銘記着曾經的繁
華與歷史滄桑，也為今天的人們帶來了無限的向往與追尋的線索。
時至今日，這條古絲綢之路已然煥發出新的魅力，吸引着今天無數
旅遊者的目光與腳步。本章的唐詩描繪了絲綢之路旅遊線上的風景
與風情，地理範圍包括陝西、甘肅、寧夏、青海和新疆地區。

（一）

自蕭關望臨洮

玉關西路出臨洮，風捲邊沙入馬毛①。
寺寺院中無竹樹，家家壁上有弓刀②。
惟憐戰士垂金甲，不尚遊人着白袍③。
日暮獨吟秋色裏，平原一望戍樓高④。

朱慶餘

❶ 臨洮（táo）：地名，位於甘肅省中部。

❷ 惟（wéi）：只，只有。

❸ 着（zhuó）：穿，戴。

❹ 戍樓：邊防駐軍的瞭望樓。

背景

　　朱慶餘（生卒年月不詳），名可久，字慶餘，越州（今浙江紹興）人，中唐詩人。寶曆二年（公元 826 年）進士，官至秘書省校書郎。朱慶餘曾客遊西北，因是越人，對大漠風光極為好奇。在蕭關眺望臨洮時，因想到再往西就是著名的玉門關，詩性盎然而作得此詩。

　　唐代士子在參加進士考試前，時興「行卷」，即把自己的詩篇呈給朝中名臣，以增加中進士的機會。朱慶餘此詩投贈的對象，是著名詩人，時任水部郎中的張籍。朱慶餘平日向他行卷，已經得到他的賞識，臨到要考試朱慶餘還怕自己的作品不一定符合主考的要求，因此寫下《近試上張水部》，全篇云：「洞房昨夜停紅燭，待曉堂前拜舅姑。妝罷低聲問夫婿，畫眉深淺入時無？」以新婦自比，以新郎比張籍，以公婆比主考官，藉以徵求張籍的意見。全詩選材新穎，視角獨特，以「入時無」三字為靈魂，將自己能否踏上仕途與新婦緊張不安的心緒作比，寓意自明，令人驚歎。據說張籍讀後寫詩回答他說：「越女新妝出鏡心，自知明豔更沉吟。齊紈未足時人貴，一曲菱歌敵萬金。」讚其詩風清麗，於是由此朱慶餘聲名大振。

蕭關　位於今寧夏固原東南，是歷史上著名的關隘，唐代長安城的重要屏障，也是絲綢之路文化帶的重要一環。

臨洮　地處甘肅中部，位於黃土高原和青藏高原的交會地帶，距蘭州僅 102 公里，不僅是蘭州的南大門，也是甘肅通往四川的咽喉要道。距今 4000～5300 年的華夏史前文化 —— 馬家窰文化因首次發現於臨洮境內的馬家窰村而得名，並聞名海內外。修築於公元前 4 世紀的秦長城西起點就在臨洮。這裏自古以來就是西北邊陲重鎮，是控扼隴蜀的戰略要地。漢唐絲綢之路和唐蕃古道使臨洮成為當時最為繁華熱鬧的地帶。華夏第一大姓李姓的根基也在這裏。

使過彈箏峽作

鳥雀知天雪，羣飛復羣鳴。

原田無遺粟，日暮滿空城。①

達士憂世務，鄙夫念王程。②

晨過彈箏峽，馬足凌兢行。③

雙壁隱靈曜，莫能知晦明。④⑤

皚皚堅冰白，漫漫陰雲平。⑥

始信古人言，苦節不可貞。⑦

儲光羲

❶ 達士：猶達人，指通達事理的人。
❷ 世務：謀身治世之事。
❸ 凌兢：恐懼。
❹ 靈曜：天的別稱。
❺ 晦明：陰晴。
❻ 苦節：堅守節操。
❼ 貞：堅定不移。

背景

　　儲光羲（公元 707～約 760 年），兗州（今屬山東）人，一說潤州（今江蘇鎮江）人。開元十四年（726 年）舉進士，曾任縣尉等職，因仕途不得志，遂隱居終南山。後出山，曾官任監察御史。因在安祿山攻陷長安時任偽職，安史之亂平定後自歸朝廷請罪，被貶謫嶺南。江南儲氏多為其後裔，被尊稱為「江南儲氏之祖」。其詩意境優美，情調閑適，因此，他成為盛唐田園山水詩派代表詩人之一。這首詩是作者出使西北邊地路過彈箏峽時所作。

彈箏峽　即今天的瓦亭峽，或稱瓦亭河谷。在今寧夏固原市原州區東南 55 公里。峽長 10 公里，兩山壁立，峽勢險窄，水流與石頭相觸，發出錚錚聲，如同彈箏，故名彈箏峽。因峽中原有寺廟，廟內供有金佛，所以又名金佛峽。相傳六盤、瓦亭、蕭關為三關，斯地居其中，故俗稱「三關口」。這裏地處六盤山西側的三關口深谷，易守難攻，是關中通往塞外的重要軍事屏障。三關口曾在古絲綢之路上，但歷史上因道路狹窄、崎嶇，夏季河水洶湧奔流，冬季結冰路滑，人車難行，讓行走在這條古道上的商旅倍感艱難。清代慶、涇、平、固觀察使魏光燾在駐固原期間，率兵拓寬了平涼安國鎮到瓦亭間的峽谷道路。古人多有對此地的讚美，留在三關口峭壁上的摩崖石刻不少，如「峭壁奔流」「山光水韻」「蕭關鎖鑰」等，但現清晰可辨的只有「山水清音」「山水秀明」等。這些摩崖壁刻題字，既是對三關口雄險奇絕的歷史認同，也是三關口、瓦亭一線自然風光的寫照。《民國固原縣志》中，將彈箏峽列為「絕景」。

六盤山　中國最年輕的山脈之一。廣義的六盤山在寧夏回族自治區西南部、甘肅省東部。南段稱隴山，南延至陝西省西端寶雞以北。橫貫陝甘寧三省區，既是關中平原的天然屏障，又是北方重要的分水嶺。狹義的六盤山為六盤山脈的第二高峯，位於固原原州區境內，海拔 2928 米。這裏是中原農耕文化和北方遊牧文化的接合部，是古絲綢之路東段北道必經之地，也是歷代兵家必爭的軍事要塞。

送盧潘尚書之靈武

賀蘭山下果園成，塞北江南舊有名。
水木萬家朱戶暗❶，弓刀千隊鐵衣鳴。
心源落落堪為將，膽氣堂堂合用兵。
卻使六番諸子弟❷，馬前不信是書生❸。

韋蟾

注釋

❶ 水木萬家：指渠水灌溉農田，樹木繞着千家萬戶。

❷ 六番：即六州番落，指唐代西北的伊州、涼州、甘州、石州、渭州、熙州等地的少數民族，此處是指安置於寧夏一帶的「六胡」。番，古代對中原王朝以外各族的通稱。

❸ 書生：此借指盧潘。

背景

　　韋蟾（？～約公元 873 年），字隱珪，下杜（今陝西省西安市）人。晚唐詩人。大中七年（公元 853 年）登進士第。初為徐商掌書記。後為御史中丞，大中元年至咸通元年（公元 847～860 年），官至尚書左丞。其詩現存十首。

　　盧潘，唐代官員，時任尚書。咸通十年（公元 869 年），到靈武（今寧夏吳忠市境內）出任朔方節度使。史書記載，他為官清廉，家貧如洗，最後死於靈武。韋蟾是盧潘的朋友，在盧潘到靈武（靈州）任職時，寫了《送盧潘尚書之靈武》，此詩精辟地概括了靈州在中國歷史上的重要地位，描寫了靈州的富饒美景，讚頌了盧潘是一個出色的將才。

靈武 古稱靈州，唐代為靈州都督府和朔方節度使駐地，是北部邊地重要的軍事重鎮，軍事上輻射的範圍遠達西北和內蒙古地區。「安史之亂」爆發後，太子李亨在靈武即位也就是肅宗。肅宗在靈州調兵遣將，號令天下，平定叛亂，重興中唐，使此地聲威大振，聞名遐邇。靈武素有「塞北江南」之美譽。其旅遊資源豐富，名勝古蹟眾多。聞名遐邇的水洞溝是中國最早發現舊石器時代的古人類文化遺址，被譽為「中國史前考古的發祥地」。距今 1.6 億年前的靈武恐龍化石遺址是中國發現面積較大、分佈集中、保存完整、周邊環境未遭破壞的恐龍化石，是蜥腳類恐龍中個體最大的屬種之一。

賀蘭山 位於寧夏西北邊境和內蒙古自治區接界處，是中國西北地區的重要地理界線。賀蘭山脈海拔 2000～3000 米，主峯敖包圪垯海拔 3556 米，是寧夏與內蒙古的最高峯。賀蘭山氣勢雄偉，風光秀麗，佇立於主峯放眼東眺，寧夏平原盡收眼底；極目俯瞰，草原景色一覽無餘，是理想的避暑、旅遊勝地。西夏王陵、賀蘭山巖畫、藏傳佛教寺廟南寺、廣宗寺、福音寺等是其主要旅遊景點。

塞北江南 初指今寧夏北部黃河河東灌區 —— 靈州地區，即今寧夏吳忠市一帶的黃河河東灌區。今泛指寧夏北部黃河平原，包括今寧夏北部吳忠市、銀川市、石嘴山市和中衛市引黃灌區一帶。史書記載，早在秦漢時期，靈州就興修水利引黃河水灌溉，經濟繁榮，五胡十六國的赫連勃勃時期，在這裏建了果園城，南北朝時期的北周政府把江南居民遷到靈州地區，帶來先進技術和文化，於是，靈州就被稱作魚米之鄉的「塞北江南」。最早提出靈州為「塞北江南」的人是隋朝人郎茂，而最早寫詩讚美靈州「塞北江南」的詩人就是韋蟾。

金城北樓

北樓西望滿晴空，積水連山勝畫中。

湍上急流聲若箭，城頭殘月勢如弓。

垂竿已羨磻溪老，體道猶思塞上翁。

為問邊庭更何事，至今羌笛怨無窮。

注①

②

③

④

高適

❶ 磻溪老：指姜太公呂尚。
❷ 體道：領會到人生的規律。
❸ 更：又，還有。
❹ 羌笛：樂器，出於羌族，因以名之，其曲音調多淒婉。

　　高適（約公元 700～765 年），字達夫，一字仲武，渤海蓨（今河北滄州）人。唐代著名的邊塞詩人，與岑參並稱「高岑」，後人把高適、岑參、王昌齡、王之渙合稱「邊塞四詩人」。高適少孤貧，愛交遊，有遊俠之風，早年去長安求取功名未果，開元二十年（公元 732 年）去薊北，體驗了邊塞生活。後漫遊梁、宋（今河南開封、商丘）。天寶三年，與李白、杜甫、岑參同遊梁園（今河南商丘），結下親密友誼，成為文壇佳話。天寶八年（公元 749 年），經睢陽太守張九皋推薦，50 歲應舉中第，授封丘尉。天寶十一年（公元 752 年），擔任涼州河西節度使哥舒翰幕府任掌書記，輔佐哥舒翰守潼關。晚年官至渤海縣侯終散騎常侍，世稱「高常侍」。

　　這首詩是高適為數不多的律詩佳作之一。天寶十一年（公元 752 年）秋冬之際，高適經人引薦，入隴右節度使哥舒翰幕中，充任掌書記。此詩即寫於離開長安赴隴右途經金城時。高適隱身漁樵數十年，剛做了幾年縣尉又不堪吏役辭掉了，可謂飽嘗仕途的艱辛。此次赴隴右幕府，雖是他所渴求的，但前途未卜，詩中寫出塞外風光的蒼涼雄壯，表達了作者當時的心情。

旅遊看點

金城　指今天的甘肅省省會蘭州。蘭州是新亞歐大陸橋中國段五大中心城市之一，西北地區第二大城市，絲綢之路經濟帶的重要節點城市。西漢設立縣治，取「金城湯池」之意而稱金城。隋初改置蘭州總管府，始稱蘭州。自漢至唐、宋時期，隨着絲綢之路的開通，此地出現了「絲綢西去、天馬東來」的盛況，蘭州逐漸成為絲綢之路重要的交通要道和商埠重鎮，聯繫西域少數民族的重要都會和紐帶，在溝通和促進中西經濟文化交流中發揮了重要作用。

磻溪　指今陝西寶雞釣魚台。釣魚台，因西周名士姜子牙在此隱居十載，遇文王而聞名於世。釣魚台位於寶雞市東南 40 公里磻溪河上。磻溪河又名伐魚河，南依秦嶺，北望渭水，山清水秀，古柏疊翠，唐貞觀年間在這裏建太公廟，並植柏四株，至今猶存。一直到清乾隆年間，歷代在此建有文王廟、三清殿、王母宮、玉皇廟、呂祖洞、九天聖母廟、戲樓、鐘樓及寢室等 20 餘座、60 餘間，分佈在巖壑翠柏之中，與河東岸的釣台遺跡、河道中央的「璜石」、河西的望賢台以及飛瀑流霞等自然風光交相輝映。

涼州詞二首（其一）

黃河遠上白雲間➊，
一片孤城萬仞山➋。
羌笛何須怨楊柳➌，
春風不度玉門關➍。

王之渙

注釋

❶ 遠上：遠遠向西望去。

❷ 仞：古代的長度單位，一仞相當於七八尺。

❸ 楊柳：《折楊柳》曲。唐朝有折柳贈別的習俗。古詩文中常以楊柳喻送別情事。

❹ 度：吹到。

背景

　　王之渙（公元 688～742 年），字季凌，祖籍晉陽（今山西太原），其高祖遷至絳（今山西絳縣）。盛唐詩人。講究義氣，豪放不羈，常擊劍悲歌。其詩以善於描寫邊塞風光著稱。用詞十分樸實，造境極為深遠。多被當時樂工製曲歌唱。傳世之作現僅存六首。以《登鸛雀樓》《涼州詞》為代表作。章太炎推《涼州詞》為「絕句之最」。

　　唐人薛用弱《集異記》記載：開元（公元 713～741 年）間，王之渙與高適、王昌齡到旗亭飲酒，遇梨園伶人唱曲宴樂，三人便私下約定以伶人演唱各人所作詩篇的情形定詩名高下。王昌齡的詩被唱了兩首，高適也有一首詩被唱到，王之渙接連落空。輪到諸伶中最美的一位女子演唱了，她所唱正是這首《涼州詞》。王之渙甚為得意。這就是著名的「旗亭畫壁」故事。此事未必實有，但由此表明王之渙這首詩在當時已成為廣為傳唱的名篇。

　　傳說清朝末年，慈禧太后請一位著名的書法家為她的扇子題詩。那位書法家寫的正是這首《涼州詞》。由於疏忽，書法家忘了寫「間」字。慈禧大怒，要殺他。那位書法家急中生智，連忙解釋道：「老佛爺息怒，這是用王之渙的詩意填的一首詞」，並當場讀給慈禧聽：「黃河遠上，白雲一片，孤城萬仞山。羌笛何須怨？楊柳春風，不度玉門關。」慈禧聽罷，轉怒為喜，連聲稱妙。

玉門關　俗稱小方盤城，位於甘肅省敦煌市西北 90 公里處。相傳西漢時西域和田的美玉，經此關口進入中原，玉門關因此而得名。漢武帝元狩二年（公元前 121 年），驃騎將軍霍去病率兵西征，沉重地打擊了匈奴右部。同年，漢分河西為武威、酒泉兩郡。元鼎六年（公元前 111 年），又增設張掖、敦煌兩郡，同時建玉門關和陽關。當時中原與西域交通莫不取道兩關，從此，玉門關和陽關就成為西漢王朝設在河西走廊西部的重要關隘和絲路的交通要道。這裏曾隨絲綢之路的三通三絕而屢次興廢，最後淪為廢墟。現在的玉門關遺跡，是一座四方形小城堡，聳立在東西走向戈壁灘狹長地帶中的砂石崗上，走敦煌西線前往雅丹魔鬼城必須經過這裏。在這裏可以看到一望無際的戈壁風光、形態逼真的天然睡佛，有幸還可以看到虛無縹緲的海市蜃樓。2014 年，玉門關遺址作為中國、哈薩克斯坦和吉爾吉斯斯坦三國聯合申遺的「絲綢之路：長安—天山廊道的路網」中的一處遺址點，成功列入《世界遺產名錄》。

敦煌　地處河西走廊的最西端，是中原通往西域乃至歐洲的唯一通道，是古絲綢之路的咽喉要地。在南朝被記為「華戎所交一大都會」。東漢地理學家應劭說：「敦，大也；煌，盛也。」大和盛就是開拓和發達之意。著名學者季羨林說：「世界上歷史悠久、地域廣闊、自成體系、影響深遠的文化體系只有四個：中國、印度、希臘、伊斯蘭，再沒有第五個。而這四個文化體系匯流的地方只有一個，就是中國的敦煌和新疆地區，再沒有第二個。」莫高窟是敦煌最為著名的旅遊景點，也是世界文化遺產。它位於敦煌市東南鳴沙山東的斷崖上，它是中國最大的古典藝術寶庫，也是佛教藝術中心。莫高窟始建於東晉太和元年（公元 366 年）。存有洞窟 735 個，壁畫 45000 平方米，彩塑 2400 餘尊，唐宋木構窟簷 5 座。

酒泉　位於甘肅省西北部河西走廊西端的阿爾金山、祁連山與馬鬃山之間，為漢代河西四郡之一，自古是中原通往西域的交通要塞，絲綢之路的重鎮。酒泉因「城下有泉」「其水若酒」而得名，是敦煌藝術的故鄉、現代航天的搖籃、新中國石油工業和核工業的發祥地。主要有莫高窟、敦煌雅丹國家地質公園、鳴沙山月牙泉、三危山、陽關、安西鎖陽城、酒泉公園、酒泉衛星發射中心等旅遊景點。

（六）

關　山　月

明月出天山，蒼茫雲海間。
長風幾萬里，吹度玉門關①。
漢下白登道②，胡窺青海灣③。
由來征戰地④，不見有人還。
戍客望邊邑，思歸多苦顏。
高樓當此夜⑤，歎息未應閑。

李　白

二六

注釋

❶ 下：出兵。

❷ 白登：今山西大同東有白登山。劉邦征匈奴曾被圍白登山七日。

❸ 青海灣：即今青海省青海湖，湖因青色而得名。

❹ 由來：從來，歷來。

❺ 高樓：古詩中多以高樓指閨閣，這裏指戍邊兵士的妻子。

背景

　　李白（公元 701～762 年），字太白，號青蓮居士，唐朝浪漫主義詩人，被後人譽為「詩仙」。李白祖籍隴西成紀，出生於西域碎葉城，4 歲隨父遷至劍南道綿州。李白存世詩文千餘篇，有《李太白集》傳世。公元 762 年病逝，享年 61 歲。其墓在今安徽當塗，四川江油、湖北安陸有紀念館。

　　《關山月》是樂府舊題，屬橫吹曲詞，係守邊戰士在馬上吹奏的軍樂，多抒發離別哀傷之意。後演化成古琴曲。

　　這首詩創作於李白人生的晚期，他感歎唐朝國力強盛，但邊塵未曾肅清過。此詩就是在歎息征戰之士的辛苦和後方思婦的愁苦時所作。

天山 這裏指祁連山。它位於青海省東北部與甘肅省西部邊境，由多條西北 - 東南走向的平行山脈和寬谷組成，「祁連」係匈奴語，匈奴呼天為「祁連」，祁連山即「天山」之意。因位於河西走廊之南，歷史上也曾稱它為南山，還有雪山、白山等名稱。祁連山平均山脈海拔在 4000～5000 米，地貌奇麗壯觀。祁連山有廣闊的原始森林，雪嶺密林之中有鹿羣遊蕩。四季不分明，「祁連六月雪」就是祁連山氣候和自然景觀的寫照。雪蓮、蠶綴、雪山草為祁連山雪線上的「歲寒三友」。1988 年在祁連山北部的中東段設立甘肅省祁連山國家級自然保護區。祁連山前的河西走廊自古就是內地通往西北的天然通道，文化遺跡和名勝眾多。在漢代和唐代，著名的「絲綢之路」即由此通過，留下眾多中西文化交流的古蹟和關口、城鎮，如嘉峪關、黑水國漢墓、馬蹄寺石窟、西夏碑、炳靈寺石窟等。在河西走廊東部的歷史文化名城武威出土的漢代銅奔馬已成為中國旅遊的標誌。

天山雪歌送蕭治歸京

天山雪雲常不開，千峯萬嶺雪崔嵬。

北風夜捲赤亭口[1]，一夜天山雪更厚。

能兼漢月照銀山[3]，復逐胡風過鐵關[4]。

交河城邊鳥飛絕，輪台路上馬蹄滑。

晻靄寒氛萬里凝[5]，闌干陰崖千丈冰[7]。

將軍狐裘臥不暖[8]，都護寶刀凍欲斷[9]。

正是天山雪下時，送君走馬歸京師。

雪中何以贈君別，惟有青青松樹枝。

岑

參

❶ 開：消散。

❷ 赤亭口：唐置赤亭守於此，在今新疆鄯善縣七克台鎮境內。

❸ 銀山：今庫米什，位於吐魯番到鐵門關的半路上。銀山磧西館是唐軍的驛館，也稱銀山驛館，距吐魯番約 150 公里，距鐵門關約 200 公里。

❹ 鐵關：即鐵門關，中國古代二十六名關之一，為一長長的石峽，兩崖壁立，其口有門，色如鐵，形勢險要。

❺ 晻靄（ǎn ǎi）：昏暗的樣子。

❻ 寒氛：寒冷的雲氣。

❼ 陰崖：背陰的山崖。

❽ 都護：官名，漢宣帝置西域都護，總監西域諸國，並護南北道，為西域地區最高長官。唐置安東、安西、安南、安北、單于、北庭六大都護，權任與漢同，且為實職。

❾ 走馬：騎馬。

　　岑參（約公元 715～770 年），唐代邊塞詩派的代表人物，唐玄宗天寶三年（公元 744 年）進士，曾兩次從軍邊塞，先在安西節度使高仙芝幕府掌書記；天寶末年，封常清為安西北庭節度使時，為其幕府判官。代宗時，曾官嘉州刺史（今四川樂山），世稱「岑嘉州」。大曆五年（公元 770 年）卒於成都。其詩長於七言歌行，多描寫塞上風光和戰爭景象，氣勢豪邁，語言瑰麗多姿。

　　岑參於唐玄宗天寶十三載（公元 754 年）夏秋之交到北庭，唐肅宗至德二載（公元 757 年）春夏之交東歸，這首詩即作於這一時期，約與《白雪歌送武判官歸京》同時期。這篇詩歌也是岑參邊塞詩的名篇之一。詩歌以豐富的想像、豪邁的激情勾畫出一幅極其奇偉壯麗的、充滿浪漫色彩的邊塞天山雪景圖，寒氣徹骨卻熱血沸騰，無怨天尤人之意，有保國安民之情。

旅遊看點

天山 是世界七大山系之一，東西橫跨中國、哈薩克斯坦、吉爾吉斯斯坦和烏茲別克斯坦四國，全長 2500 公里，南北平均寬 250～350 公里，最寬處達 800 公里以上。天山是世界上最大的獨立縱向山系，也是世界上距離海洋最遠的山系和全球乾旱地區最大的山系。天山山脈把新疆大致分成兩部分：南邊是塔里木盆地，北邊是準噶爾盆地。托木爾峯是天山山脈的最高峯，海拔 7435.3 米。錫爾河、楚河和伊犁河都發源於天山。天山旅遊資源豐富。天池景區地處天山博格達峯北側，海拔 1981 米，湖面呈半月形，是世界著名的高山湖泊之一，有「天山明珠」的稱譽。西王母祖廟位於天山天池的東岸，博格達峯的西北方向，海拔 2000 米左右，它是新疆最古老的海拔最高的道觀之一。傳說王母娘娘就是在此修道成仙的。巴里坤湖位於東天山兩條支脈之間，是巴里坤盆地最低處，海拔 1585 米，屬高原性鹹水湖泊，湖東有大片的草原，水窪遍佈、蘆葦叢生、牧草茂盛。每到春、夏、秋三季，大雁、野鴨、魚鷗、白鷗等無數的水鳥在這裏生息繁衍。2013 年中國境內天山的托木爾峯、喀拉峻 - 庫爾德寧、巴音布魯克、博格達 4 個片區以「新疆天山」為名成功申請列入世界自然遺產名錄，成為中國第 44 處世界遺產項目。

鐵關 即鐵門關，中國古代二十六名關之一，在焉耆以西 50 里，位於庫爾勒市北郊 8 公里處的霍拉山、庫魯克山之間的峽谷中。西漢張騫銜命出使西域曾路經鐵門關，峽谷曲折幽深，岸壁如刀劈斧鑿。據考，從晉代起，這裏就設立了關口，因其地處險要，故名鐵門關。鐵門關扼孔雀河上游陡峭峽谷的出口，是焉耆盆地與塔里木盆地之間的一道天險。曾是北疆通往南疆的唯一通道，古絲綢之路中段的必經之地。

火山雲歌送別

火山突兀赤亭口[1]，火山五月火雲厚[2]。
火雲滿山凝未開，飛鳥千里不敢來。
平明乍逐胡風斷[3][4]，薄暮渾隨塞雨回[5][6]。
繚繞斜吞鐵關樹，氛氳半掩交河戍[7][8]。
迢迢征路火山東，山上孤雲隨馬去。

岑
參

注釋

① 突兀：高聳的樣子。

② 赤亭：即今火焰山的勝金口，在今鄯善縣七克台鎮境內，為鄯善到吐魯番的交通要道。

③ 乍：突然。

④ 逐：隨着。

⑤ 薄暮：傍晚的時候。

⑥ 渾：還是。

⑦ 氛氳（yūn）：濃厚茂盛的樣子。

⑧ 交河：位於吐魯番市以西約 13 公里的雅爾乃孜溝中。它最早是西域三十六國之一的「車師前國」的都城。

背景

　　這首詩是即景命篇，詠雲送人之作。岑參曾兩度出塞，前後在邊塞生活了 6 年，善於描寫邊塞瑰麗風光。火山奇觀讓人驚歎，山上之雲更是奇峭壯麗。好友東歸，以塞外奇景為對方壯行，臨別不傷，別有一番風情。

　　阿斯塔那 - 哈拉和卓古墓羣位於新疆吐魯番市以東 42 公里處，是世界上最著名的古墓地之一，有「地下博物館」之稱。在阿斯塔那古墓，很多死者上面都罩着一個紙糊的棺材，並隨葬有紙糊的衣帶、鞋等物品。可能是古代紙張珍貴稀少，用過的紙不會隨便扔掉，而是再作他用。這些隨葬品所用的冥紙就是當時使用過的文件、檔案、書信、賬本等，上面的文字均是用漢文墨筆書寫的。這些紙做的隨葬品拆開來，就是聞名天下的「吐魯番文書」。考古工作者在 506 號墓穴中，意外地發現了盛唐時期著名詩人岑參留下的一紙賬單。岑參的這張賬單，糊在一個獨特的罩在屍體的紙棺上，這是詩人無意間給我們留下的珍貴文物。

火山　指火焰山，位於吐魯番盆地的北緣，古絲綢之路北道。它主要由中生代的侏羅紀、白堊紀和第三紀的赤紅色砂、礫巖和泥巖組成。《山海經》中將其稱之為「炎火之山」，維吾爾語叫「克孜爾塔克」，意為紅山，隋唐時期曾叫它為「赤石山」。火焰山是全國最熱的地方，夏季最高氣溫達 47.8℃，地表最高溫度達 70℃以上，沙窩裏可烤熟雞蛋。火焰山是吐魯番的著名景點。吳承恩的《西遊記》中孫悟空三借芭蕉扇的故事，使火焰山增添了許多神奇色彩，成為天下奇山。

吐魯番　位於新疆維吾爾自治區中東部，天山東部山間盆地，又稱「火洲」。吐魯番是古絲綢之路上的重鎮，有四千多年的文化積澱，曾經是西域政治、經濟、文化的中心之一。主要景點有：交河故城、高昌故城、阿斯塔那古墓羣、火焰山、葡萄溝、蘇公塔、艾丁湖、坎兒井、吐峪溝麻紮村、庫木塔格大沙漠、柏孜克里克千佛洞、連木沁唐朝烽燧台遺址。

獻封大夫破播仙凱歌（其二）

官軍西出過樓蘭，
營幕傍臨月窟寒[注]。
蒲海[③]曉[②]霜凝馬尾，
蔥山[⑤]夜雪撲旌竿。

岑

參

❶ 月窟：古代以為是月亮在西方的歸宿之地，此借指極西之地。
❷ 蒲海：蒲昌海，即今新疆羅布泊。
❸ 蔥山：即蔥嶺，今新疆的天山、崑崙山都是其幹脈，此指崑崙山。

背景

　　《獻封大夫破播仙凱歌》是由六首七絕組成的一組詩，前四首寫凱旋，後兩首則追敍戰鬥情形。這是其中第二首。「封大夫」即封常清，他瘦瘠跛足，入伍後憑藉謀略戰功，迅速升遷，曾任安西四鎮節度使攝御史大夫兼北庭都護、伊西節度使、瀚海軍使。天寶十三年（公元 754 年）冬，播仙發生叛亂，他率軍大破播仙，破播仙之時，岑參在封常清幕府供職，作此組詩。

旅遊看點

蒲海　即羅布泊，位於新疆若羌縣境東北部，曾是中國第二大內陸湖，海拔 780 米。由於形狀宛如人耳，羅布泊被譽為「地球之耳」；又被稱作「死亡之海」。公元 330 年以前湖水較多，西北側的樓蘭城為絲綢之路咽喉，之後由於氣候變遷及人類水利工程的影響，導致上游來水減少，直至乾涸，現僅為大片鹽殼。羅布泊乾涸後，周圍生態環境發生巨變，草本植物全部枯死，防沙衛士胡楊樹成片死亡，沙漠以每年 3～5 米的速度向羅布泊推進，很快和廣闊無垠的塔克拉瑪干沙漠融為一體。羅布泊從此成了寸草不生的地方，被稱作「死亡之海」。幾千年來，羅布泊和因它而繁盛的樓蘭古國吸引了不少中外探險家前來考察，寫下了許多專著和名篇，發表了不少有關羅布泊的報道。

蔥山　即蔥嶺，是古代對今帕米爾高原及崑崙山、喀喇崑崙山西部諸山的統稱。為古代東方和西方陸路交通的要道。該高原是地球上兩條巨大山帶（阿爾卑斯 - 喜馬拉雅山帶和帕米爾 - 楚科奇山帶）的山結，也是亞洲大陸南部和中部地區主要山脈的匯集處，包括喜馬拉雅山脈、喀喇崑崙山脈、崑崙山脈、天山山脈、興都庫什山脈五大山脈，它羣山起伏，連綿逶迤，雪峯羣立，聳入雲天，號稱亞洲大陸地區的屋脊。帕米爾古稱不周山，是傳說中的仙山。漢朝以「蔥嶺」相稱，因多野蔥或山崖蔥翠而得名。古代絲路在進入塔里木盆地以後，分為南北兩道，向着不同的目的地延伸，而到了蔥嶺後又交會一處，直達古絲綢之路上著名的石頭城。從那裏起，又分南北兩道，到中亞細亞、小亞細亞、南亞次大陸北部和西北部地區以及歐洲大陸等更遠的地方。

古 從 軍 行

白日登山望烽火，黃昏飲馬傍交河①。
行人刁斗風沙暗③，公主琵琶幽怨多④。
野雲萬里無城郭，雨雪紛紛連大漠。
胡雁哀鳴夜夜飛，胡兒眼淚雙雙落。
聞道玉門猶被遮，應將性命逐輕車。
年年戰骨埋荒外，空見蒲桃入漢家⑤。

李
頎

注釋

1. 傍：順着。
2. 交河：古縣名，故城在今新疆吐魯番西面。
3. 刁斗：古代軍中銅質炊具，容量一斗。白天用以煮飯，晚上敲擊代替更柝。
4. 公主琵琶：漢武帝時以江都王劉建女細君嫁烏孫國王昆莫，恐其途中煩悶，故彈琵琶以娛之。
5. 蒲桃：今作「葡萄」。

背景

　　李頎，唐代詩人，趙郡（今河北趙縣）人，開元十三年（725）進士及第，一度任新鄉縣尉，不久去官，後長期隱居嵩山、少室山一帶的「東川別業」。他與王維、高適、王昌齡等著名詩人皆有來往，詩名頗高。其詩內容豐富，所作邊塞詩，風格豪放，慷慨悲涼，七言歌行尤具特色。

　　「從軍行」是樂府古題。此詩寫當代之事，由於怕觸犯忌諱，所以題目加上一個「古」字。作者所處的年代，是唐朝從盛極轉向衰敗的時代。王朝統治者逐漸腐化墮落，政治上更是黑暗有加，對內採取野蠻的階級壓迫政策，對外則不斷滋事挑釁，戰爭頻仍，百姓苦不堪言，給各族人民造成難以忍受的深重災難。詩歌借用古事對當時帝王的好大喜功、窮兵黷武，視人民生命如草芥的行徑加以諷刺，悲多於壯。

交河故城　位於吐魯番市以西約 13 公里的雅爾乃孜溝中，因兩條繞城河水在城南交匯而得名。它最早是西域三十六國之一的「車師前國」的都城。此城在南北朝和唐朝達到鼎盛，唐朝派駐西域的最高軍政機構安西都護府，最初曾設於此城。據考證，全城唯一磚瓦的雙層建築，可能就是唐時安西都護府所在地。元末察合台時期，吐魯番一帶連年戰火。交河城毀損嚴重，最終被棄。至今城內的官署、寺院、佛塔、坊曲街道等建築物保存較好，是目前世界上保護得最好的生土建築城市。交河故城現存遺址是其昌盛時期所建之規模，大體為唐代遺存。交河故城有三奇。一奇是它僅有兩個城門：南門和東門。南門為主門，原有建築已蕩然無存，只剩一個巨大的豁口；東門被河道長期下切阻斷在懸崖上而名存實亡。二奇是交河故城三面臨崖、天險自成，沒有古城常有的城牆。三奇是城內屋宇殿閣，均是平地下挖而成，幾乎不用木料。屋宇多為兩層，臨街不見門窗，穿巷方見大門。此為典型的唐代建築特色。1961 年交河故城被國務院列為全國重點文物保護單位，被譽為「世界上最完美的廢墟」。

高昌故城　位於吐魯番市東 45 公里處火焰山南麓，維吾爾語亦稱都護城，即「王城」之意，曾是高昌王國的都城。高昌故城是古時絲綢之路在西域的交通樞紐，城分外城、內城、宮城三部分，是古代西域留存至今最大的故城遺址。全城有九個城門。其中南面有三個城門，東、西、北面各有兩個城門。西面北邊的城門保存最好。進入城內，可參觀外城牆、內城牆、宮城牆、可汗堡、烽火台、佛塔等留存較為完整的建築，內城北部正中有一座不規則的方形小城堡，當地人稱「可汗堡」。類似於唐代長安城的形制和佈局，全部由夯土版築而成。城西南和東南角保存有兩處寺院遺址。南角的寺

院，尚存一座多邊形的塔和一個禮拜窟，是城內唯一壁畫保存較好的地方。據考證，玄奘西遊取經路過高昌國時，曾在此講經一月。據說高昌王和高僧玄奘結為異姓兄弟，玄奘西行時高昌王饋贈頗豐，包括馬匹、隨從、糧食、駱駝等大量物品，可夠三十年備用。高昌故城是世界宗教文化薈萃的寶地之一。2014 年在聯合國教科文組織第 38 屆世界遺產委員會會議上，高昌故城作為中國、哈薩克斯坦和吉爾吉斯斯坦三國聯合申遺的「絲綢之路：長安 - 天山廊道的路網」中的一處遺址點被成功列入《世界遺產名錄》。

白雪歌送武判官歸京

岑

參

北風捲地白草折❶，胡天八月即飛雪。

忽如一夜春風來，千樹萬樹梨花開。

散入珠簾濕羅幕❷，狐裘不暖錦衾薄❹。

將軍角弓不得控❸，都護鐵衣冷難着❺。

瀚海闌干百丈冰❻，愁雲慘淡萬里凝。

中軍置酒飲歸客❼，胡琴琵琶與羌笛。

紛紛暮雪下轅門❽，風掣紅旗凍不翻❾。

輪台東門送君去，去時雪滿天山路。

山回路轉不見君，雪上空留馬行處。

注釋

① 白草：西北的一種牧草，曬乾後變白。

② 錦衾（qīn）：絲綢的被子。

③ 角弓：兩端用獸角裝飾的硬弓，一作「雕弓」。

④ 鐵衣：鎧甲。

⑤ 着（zhuó）：穿。

⑥ 瀚海闌干：沙漠縱橫交錯的樣子。

⑦ 飲歸客：宴飲歸京的人。飲，動詞，宴飲。

⑧ 轅門：軍營的門。古代軍隊紮營，用車環圍，出入處以兩車車轅相向豎立，狀如門。

⑨ 掣（chè）：拉，扯。

背景

　　本詩是岑參邊塞詩的代表作，作於他第二次出塞時。即唐玄宗天寶十三年（公元 754 年）夏秋之交到唐肅宗至德二年（公元 757 年）春夏之交北庭都護府期間。這次出塞，岑參充任安西北庭節度使封常清的判官（節度使的僚屬），而武判官即其前任，詩人在輪台送他歸京（唐代都城長安）而寫下了此詩。

　　岑參是唐代著名的邊塞詩人。當時西北邊疆一帶戰事頻繁，岑參懷着到塞外建功立業的志向，兩度出塞，久佐戎幕，前後在邊疆軍隊中生活了六年，對邊塞風光，軍旅生活，以及少數民族的文化風俗有切身的感受。岑參的詩想像豐富，意境新奇，氣勢磅礴，風格奇峭，詞采瑰麗，具有浪漫主義色彩。愛國詩人陸游曾稱讚說「以為太白、子美之後一人而已」。

　　邊塞詩派是盛唐詩歌的主要流派。唐朝因國力強大，各民族之間的經濟文化交流日趨頻繁，為了維護邊境安寧，保護國際通商，盛唐時代安邊性質的戰爭時有發生。而帝王好大喜功，一些官僚將

帥邀功邊關，唐王朝的開邊戰爭也不斷出現。盛唐詩人一方面為奮發向上、積極進取的時代精神所鼓舞，另一方面為立功邊關求取功名的仕進道路所吸引，再加上一些邊帥能武能文，延攬文學之士，使得很多詩人或身赴邊塞，或心向邊關。因此，盛唐時期的邊塞詩，在隋及初唐邊塞詩的基礎上繁榮起來。代表詩人有高適和岑參。

輪台　地處新疆巴音郭楞蒙古自治州西部、天山南麓、塔里木盆地北緣，是古西域都護府所在地。輪台在漢代是西域三十六國中的城邦之一，唐時屬龜茲都督府烏壘州。輪台除了擁有世界上已經存活了 6500 萬年的胡楊林風景帶，還毗鄰世界最大的流動性沙漠 —— 塔克拉瑪干大沙漠。這裏還有世界上最長的沙漠公路，中國最長的內陸河塔里木河等眾多風景名勝，歷史古蹟和濃郁的民族風情。

北庭都護府　唐太宗為了加強對西突厥地區的管理，在公元 640 年攻破高昌以後，在高昌設立了安西都護府，管轄天山以南直至蔥嶺以西、阿姆河流域的遼闊地區。公元 702 年，武則天為了進一步鞏固西北邊疆，在庭州設立了北庭都護府（今新疆吉木薩爾北破城子），管轄天山以北包括阿爾泰山和巴爾喀什湖以西的廣大地區。北庭都護府設立後，社會安定，農業、牧業、商業、手工業都得到了空前發展，成為西北地區中心。「安史之亂」爆發後，唐王朝無力西顧，將大批兵力調往內地，西域與內地聯繫遂被隔絕。北庭都護府孤懸塞外，堅持了三十五年之久。公元 791 年，都護府被吐蕃人攻陷，高昌回鶻統治時作為其夏宮；元代時在此設行尚書省，統領

全疆；城址因戰火荒廢於明代初期。北庭都護府是絲綢之路新北道上的歷史名城，曾對新疆的政治、經濟、文化的發展起過重要的作用。北庭都護府遺址位於吉木薩爾縣北庭鎮境內，原城池佈局受唐長安城影響，分為內外兩城，內城為全城的中心所在，外城規模較大，城牆周長 4596 米。外城之北還有低矮的羊馬城，內外城牆都有馬面、敵台、角樓和城門。外城北門還有甕城，城外有天然河環繞成護城河。北庭都護府遺址現已荒廢，當地人俗稱「破城子」。因被世界著名考古學家、地理學家和探險家，國際敦煌學開山鼻祖之一的馬爾克‧奧萊爾‧斯坦因等人向世界上介紹過，兼之其本身的重要價值，使其具有較高的知名度，每年都有世界各國的科學家及旅遊者慕名前往參觀、考察。現隨着絲綢之路新北道上旅遊資源的開發，古城的旅遊價值也日益顯現。

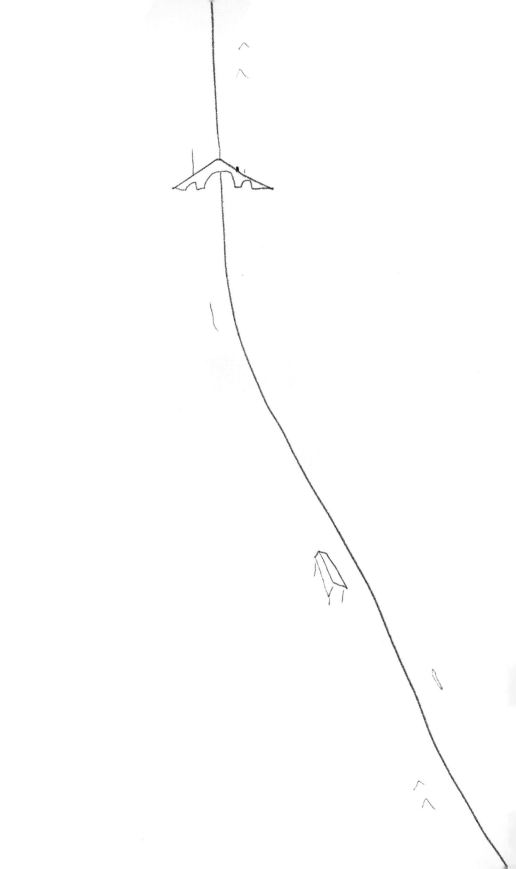

第 二 章

至今千里賴通波

京杭大運河是世界上通航里程最長、工程最為浩大的古代運河，是古中國文化地位的象徵之一。它南起餘杭（今杭州），北到涿郡（今北京），在千餘年的歷史風雲流逝中，大運河兩岸留下了豐富多彩的歷史文化遺產，孕育了一座座名城古鎮，美麗的自然風光和千里港灣的奇特景致融為一體。好入名山大川漫遊的唐代詩人怎會漠視這運河沿岸的旖旎風光？他們或北上領略幽燕之地的蒼涼悲壯，或南下感受蘇杭江南魚米之鄉的秀美清新，也用他們無與倫比的才華給後世留下了一篇篇絕美的詩篇。今天的運河文化也因為這些詩篇重新吸引着人們的目光。本章中的唐詩將帶您領略京杭大運河沿岸的絕美風景，抒發對世事變遷的千年慨歎，詩歌提到的地點範圍涵蓋北京、天津、河北、江蘇等地區。

（一）

紅 螺 山

紅螺山子近邊夷，❶
度得之流半是奚。❷
共語問酬都不會，❸
可憐祗解那斯祁。❹

鄧隱峯

注釋

❶ 近邊夷：夷為古代對少數民族的稱謂，近邊夷與懷柔地處中原與少數民族的交界地帶相符，可知此處紅螺山應指懷柔紅螺山。

❷ 奚：唐代居住在北方長城以外的少數民族庫莫奚族。懷柔北部山區在隋代為奚的屬地。

❸ 共語問酬都不會：「問酬」是指待人接物時的客套禮節。此句是指詩人鄧隱峯與奚人徒弟語言交流有困難。

❹ 那斯祁：只聽奚人多說「那斯祁」一詞，詞意不詳。有人說是奚族的語言，現在不知何意。也許是鄧隱峯對奚族僧人的評價描寫，或者是古代祁與祈通用。祈是祈禱、祈求。「祗解那斯祁」即只知道向佛祖磕頭、祈禱，別的知識都不懂。

背景

　　鄧隱峯（生卒年不詳），唐代元和年間著名僧人，宋代《高僧傳》中有其傳記。十六國、南北朝、隋、唐、遼時期失於記載，僅傳唐時名僧鄧隱峯兄妹曾在紅螺山學佛。故此，《五燈會元》有鄧隱峯描寫紅螺寺的詩存於世，又傳其妹鄧尼圓寂在紅螺寺。

紅螺山 屬燕山餘脈，南襟華北平原京北腹地。位於今北京懷柔城北 5 公里，橫跨懷柔區與房山區周口店鎮，為燕山山脈與華北平原的接合部。山勢巍峨雄武，領袖羣峯，莊嚴恢宏，大氣磅礴。紅螺山一山雙峯，比肩聳立，又稱紅螺姊妹峯，如兩翼舒展，引帶羣山，遠遠望去，酷似一隻大鵬鳥，護衛着古剎寺院。紅螺寺處於千畝蒼翠的古松林中，形成一幅「碧波藏古剎」的優美畫卷。據明代劉侗、于奕正《帝京景物略》記載，紅螺山原稱「紅螺嶮」，分為上、中、下三嶮。紅螺山紅螺寺轄區內有各種樹木 99 萬株，寺東有千餘畝古松林，百年以上古松萬餘株，林業部門注冊的名木古樹達 2984 株。

紅螺寺 是馳名中外的佛教古剎，位於紅螺山南麓，有着 1600 多年的悠久歷史和佛教文化的深厚底蘊。紅螺寺始建於東晉咸康四年（公元 338 年），原名「紅螺山大明寺」，明正統年間易名為「紅螺山護國資福禪寺」。紅螺寺為我國北方佛教的發祥地，也是京北第一大古剎。在歷史上，紅螺寺歷屆住持多由皇家命派，高僧頻出，千餘年來在佛教界享有極高的地位，世有「南有普陀、北有紅螺」之說。

望薊門

燕台一望客心驚，笳鼓喧喧漢將營❶。
萬里寒光生積雪，三邊曙色動危旌❷。
沙場烽火侵胡月❸，海畔雲山擁薊城❹。
少小雖非投筆吏，論功還欲請長纓❺。

祖詠

❶ 一望：一作「一去」。

❷ 笳：漢代流行於塞北和西域的一種類似於笛子的管樂器，此處代
　　指號角。

❸ 三邊：古稱幽、并、涼為三邊。這裏泛指當時東北、北方、西北
　　邊防地帶。

❹ 危旌：高揚的旗幟。一作「行旌」。

❺ 請長纓：西漢時書生終軍曾向漢武帝請求「願受長纓，必羈南越
　　王而致之闕下」。後被南越相呂嘉所殺，年僅二十餘。纓，繩。

背
景

　　祖詠（公元 699～746），唐代詩人，洛陽（今屬河南）人，開
元十二年（公元 724 年）進士。後移居汝水以北別業，漁樵終老。
曾因張說推薦，任過短時期的駕部員外郎。詩多狀景詠物，宣揚隱
逸生活。其山水詩具有語言簡潔、含蘊深厚的特點，講求對仗，亦
帶有詩中有畫之色彩，其與王維友善，蓋「物以類聚，人以羣分」
或「近朱者赤，近墨者黑」故也。代表作有《終南望餘雪》《望薊門》
《七夕》《古意二首》等，其中以《終南望餘雪》和《望薊門》兩首
詩最為著名。

　　唐代的范陽道，以今北京西南的幽州為中心，統率十六州，為
東北邊防重鎮。它主要的防禦對象是契丹。唐玄宗開元二年（公元
714 年），即以并州長史薛訥為同紫薇黃門三品，將兵禦契丹；開元
二十二年（公元 734 年），幽州節度使張守珪斬契丹王屈烈及可突
干。這首詩的寫作時期，大約在這二十年之間，其時祖詠當係遊宦
范陽。這首詩寫詩人到邊地見到壯麗景色而抒發立功報國的壯志，
全詩一氣呵成，體現了盛唐詩人的昂揚激情，其中「萬里寒光生積
雪，三邊曙色動危旌」為有名的佳句，詩句描寫沙場邊塞景色，波
瀾壯闊，令人震動。

旅遊看點

薊門煙樹　為燕京八景之一，指西直門以北的元大都城牆遺址西段。這段城牆為夯土構建，元末明軍攻陷大都後，將元大都北側城牆南移 5 里，「薊門煙樹」所指這段城牆遂遭荒廢，在夯土城牆的遺址上樹木生長，遂稱「薊門煙樹」。但是在歷史上，金代的典籍中就有「薊門煙樹」的記載，因此也有學者認為「薊門煙樹」指的是古薊州城門附近的樹林，目前的「薊門煙樹」是清乾隆年間考證錯誤的結果。乾隆皇帝曾有題句：「十里輕揚煙靄浮，薊門指點認荒丘」，並立石碑題寫「薊門煙樹」四字。乾隆御書「薊門煙樹」碑位於北京電影學院附近的元大都城牆遺址上，早年有碑亭，亭頂鋪設黃色琉璃瓦，如今碑在亭無。

（三）

漁　陽

漁陽突騎猶精銳①，赫赫雍王都節制②③。
猛將飄然恐後時④，本朝不入非高計⑤。
祿山北築雄武城⑥，舊防敗走歸其營。
繫書請問燕耆舊⑦，今日何須十萬兵。

杜甫

五四

注釋

❶ 騎：衝鋒陷陣的精銳騎兵。

❷ 雍王：唐寶應元年，代宗李豫封皇太子李適為奉節王、天下兵馬大元帥，不久改封魯王，又改封雍王。

❸ 都節制：全部指揮管轄。

❹ 飄然：輕捷。

❺ 高計：高明的計策。

❻ 祿山：即安祿山，營州人，本姓康，名軋犖山。他是安史之亂禍首。

❼ 耆舊：年高望重者。

背景

　　杜甫（公元 712～770 年），字子美，祖籍襄陽（今屬湖北），出生於鞏縣（今屬河南）。唐代偉大的現實主義詩人。杜甫被世人尊為「詩聖」，其詩被稱為「詩史」，杜甫憂國憂民，人格高尚，而且詩藝精湛，有 1400 餘首詩被保留了下來，在中國古典詩歌中備受推崇，影響深遠。有《杜工部集》傳世。

　　此詩當是唐寶應元年（公元 762 年）冬晚在梓州作。寶應元年九月，魯王適改封雍王，為天下兵馬元帥，統河東、朔方及諸道行營回紇等兵十餘萬，討史朝義，會兵於陝州。杜甫在梓聞王授鉞，作此詩以諷河北諸將。

漁陽 這裏指天津市薊州區。古稱漁陽、薊縣，全區總面積 1593 平方公里，88 萬人口。春秋時期稱為無終子國，戰國時稱無終邑，秦代屬於右北平郡，秦始皇統一中國後，設無終縣，屬右北平郡；秦亡後，這裏為遼廣王韓廣的都城。隋大業末年由無終改為漁陽，因位於漁山之陽而得名。唐開元十八年（公元 730 年），改為薊州，1913 年，改薊州為薊縣。但「古漁陽」之稱謂言傳至今。2016 年，撤薊縣設立天津市薊州區。轄區內擁有京東第一山 —— 盤山、千年古剎獨樂寺、萬里長城縮影黃崖關等風景名勝。

於北平作

翠野駐戎軒，盧龍轉征旆②。
遙山麗如綺③，長流縈似帶。
海氣百重樓④，巖松千丈蓋。
茲焉可遊賞，何必襄城外。

李世民

注釋

① 戎軒：兵車，代指軍隊。
② 斾：旌旗。
③ 綺：有文彩的絲織品。
④ 巖松：這裏指盤山的奇松怪石。

背景

　　李世民（公元 598～649 年），隴西成紀（今甘肅天水）人。為中國歷史上著名的政治家、軍事家、書法家、詩人。隋大業十三年（公元 617 年），李世民與其父李淵在晉陽起兵，攻取長安。唐朝建立後，唐高祖李淵封李世民為尚書令，後封為秦王。李世民頗具軍事才能，在統一戰爭中多次取得決定性勝利。後成為唐朝第二個皇帝，即唐太宗。唐太宗在位 23 年，居安思危，虛懷納諫，進行了一系列政治、軍事改革，使社會安定、經濟發展，史稱「貞觀之治」。李世民酷愛書法、詩歌，今存詩九十餘首。

　　貞觀十九年（公元 645 年），唐太宗率兵東征高麗，班師回朝途中，經盧龍，路過漁陽，駐蹕盤山，後寫下這首《於北平作》。本詩簡單描述了事件的背景，並對盤山景色作了高度概括。盤山的山脈、三盤、怪石、奇松在詩中都有體現。

旅遊看點

盤山　位於天津市薊州區城西北 12 公里，總面積 106 平方公里，因其龍山環匝，鳳水縈紆，有龍遊鳳覽之勢，被譽為「京東第一山」。盤山以「五峯八石」「三盤勝境」著稱。

愛碣石山

碣石何青青，⑴
挽我雙眼睛。⑵
愛爾多古峭，⑶
不到人間行。⑷

劉

叉

➊ 青青：形容草木茂盛的樣子。

➋ 挽：挽留，此處指吸引住。

➌ 古峭：古老險峻。

➍ 不到人間行：此句的意思是碣石山不願處在人間熱鬧繁華的地方。

背景

　　劉叉，唐代詩人。河朔間（即今河北省一帶）人。生卒年、字號不詳。約唐元和年間（公元 813 年）前後在世。青少年時期生活在魏州（今河北省大名縣一帶），以「任氣」著稱，喜評論時人。當時韓愈善接天下士，他聞名前往，賦《冰柱》《雪車》二詩，名出盧仝、孟郊之上。後因不滿意韓愈為諛墓（即為死者歌功頌德）之文，攫取其為墓銘所得之金而去，歸齊魯，不知所終。

　　這首詩據考證可能是劉叉離開韓愈門下後雲遊至碣石山時所作。這首詩在《全唐詩》所遺劉叉的全部詩作中，列於第 24 首。詩中所描寫的山險峻峭拔，含有激憤不平之氣。通過作者藉此抒發的情感來看，他之所以這麼喜愛碣石山，是因為碣石山地處偏隅，古老峻險、峭拔不羣，正好使詩人觸景生情，藉以寄託自己引以為豪的品格情操。也正是由於這個緣故，詩人在結束自己的碣石山之行時，目光幾乎都收不回來了。

旅遊看點

碣石山 位於河北昌黎城北，現屬河北省秦皇島市。它是國家 3A 級旅遊景區、國家級風景名勝區，有「天下神嶽」之美稱，是京東地區著名的春遊、避暑、望秋、冬休閑的旅遊勝地。碣石山 36 峯，磅礴雄渾，峻峭秀麗，錯落有致，天然巧成。主峯仙台頂，海拔 695.1 米，為渤海近岸的最高峯。最早記載見於《山海經》和《禹貢》，至今已有 3000 多年，是久負盛名的千古神嶽。碣石山不僅是觀海勝地和歷史名山，更是求仙拜佛的著名「仙山」。公元前 219 年，秦始皇派徐福帶領童男童女數千人入海求仙。公元前 215 年，他親臨碣石山，勒石記功，並求長生不老，江山萬代，並令人刻下《碣石門辭》，讚頌他統一中國的歷史奇功。位於碣石山景區中的古剎水巖寺始建於唐開元年間，寺內名僧雲集。2001 年，水巖寺被省、市宗教部門批准為正式宗教活動場所。作為秦皇島市唯一的正式宗教活動場所，寺內有名僧存海住持。碣石山集名山之長：它有泰山之雄偉，華山之險峻，衡山之煙雲，廬山之飛瀑，雁蕩山之巧石，峨眉山之清涼，春、夏、秋、冬景色各異，並以奇松、怪石、霧海、冬雪四絕著稱於世。

秦皇島 處於河北東北部，南臨渤海，北依燕山，東接遼寧，西接京津，是京津冀輻射東北的節點城市，是一座有着悠久歷史的古城。公元前 215 年，秦始皇東巡碣石，刻《碣石門辭》，並派人入海求仙，曾駐蹕於此，因而得名秦皇島。秦皇島氣候温和，既蘊含古都風韻，又富有現代氣息。優越的地理區位和良好的生態環境使這個城市擁有得天獨厚的旅遊資源。山海文化、長城文化、旅遊文化、民俗文化特色鮮明，中西多元文化交融匯聚，城市文化印記俯拾皆是。

（六）

涿鹿山

涿鹿茫茫百草秋，
軒轅曾此破蚩尤①。
丹霞遙映山前水②，
疑是成川血尚流③。

胡曾

注釋

❶ 軒轅：即軒轅黃帝，因黃帝姓公孫，名軒轅。
❷ 破：這裏指打蚩尤，黃帝曾與蚩尤在此征戰。
❸ 山：這裏指的是涿鹿山。

背景

胡曾（約公元 840 年～？），昭陽（今屬湖南）人。咸通中，舉進士不第，滯留長安。咸通十二年（公元 871 年），路巖為劍南西川節度使，召為掌書記。乾符五年（公元 878 年），高駢徙荊南節度使，又從赴荊南，後終老故鄉。胡曾愛好遊歷，其詩通俗明快，以《詠史詩》著稱，共 150 首，皆七絕。另有《安定集》10 卷，今佚。《全唐詩》共錄為 1 卷，僅存數首。

旅遊看點

涿鹿山　先秦以前史書上稱獨鹿。因當地有一座山形狀似奔跑的梅花鹿，故名獨鹿。後因此山山腳下有泉水流出，又稱為濁鹿，不久改為涿鹿，故稱此山為涿鹿山。《史記‧五帝本紀》記載：「炎帝欲侵凌諸侯，諸侯咸歸軒轅……與炎帝戰於阪泉之野。三戰然後得其志。」這就是著名的阪泉之戰。另《史記》記載「蚩尤作亂，不用帝命，於是黃帝乃征師諸侯，與蚩尤戰於涿鹿之野」，這就是涿鹿之戰。阪泉之戰、涿鹿之戰是我國歷史上發生時間最早、影響最深遠的戰爭。涿鹿之戰結束後，炎帝、黃帝、蚩尤三個部落結成一體，日益強大，形成了中華民族的雛形。

古風（其十五）

燕昭延郭隗①，遂築黃金台②。

劇辛方趙至③，鄒衍復齊來④。

奈何青雲士⑤，棄我如塵埃。

珠玉買歌笑⑥，糟糠養賢才⑦。

方知黃鵠舉，千里獨徘徊。

李白

注釋

❶ 延：聘請。

❷ 郭隗：戰國時燕國人。據《史記·燕昭公世家》記載，戰國時，燕昭王欲報齊國侵佔國土之恥，屈身厚幣招納天下賢士。郭隗說：「要想招致四方賢士，不如先從我開始，這樣賢於我的人就會不遠千里前來歸附。」於是昭王修築宮室給郭隗居住，像對待老師一樣尊重他。後來樂毅、鄒衍、劇辛等都相繼來到燕國。當鄒衍到燕國時，昭王親自拿着掃帚，俯身在前掃除路上灰塵，恭敬相迎。後任樂毅為上將軍。樂毅為燕國攻下齊國七十餘城。

❸ 劇辛：戰國時燕將，原為趙國人，燕昭王招徠天下賢士時，由趙入燕。

❹ 鄒衍：亦作騶衍，戰國時著名的哲學家，齊國人。

❺ 青雲士：指身居高位的人，即當權者。

❻ 買歌笑：指尋歡作樂。

❼ 黃鵠舉：相傳春秋時魯國人田饒因魯哀公昏庸不明，自比為「一舉千里」的黃鵠（古書中「鵠」「鶴」常常通用），用「黃鵠舉矣」，表示要離開魯國。

背景

　　此詩應是李白在唐玄宗天寶三年（公元 744 年）將離開長安時所作。李白為了實現自己的理想抱負，求索多年，終於在公元 742 年得到唐玄宗召見，卻只是待詔翰林院，不受重用，心中自然是失望萬分。本詩有感而作，表達了對尊重人才的燕昭王的敬仰和當權者不重用賢士的不滿。

　　天寶元年（公元 742 年）秋天，李白獲唐玄宗賞識，應召入京。開始時，李白的確很受唐玄宗的重視，唐玄宗曾親自調羹賜食李白。正當李白想要施展自己的政治才能、為國家發展做貢獻、建

功立業的時候，卻發現一切跟他所想像的並不一樣。首先，唐玄宗已經不再是那個即位之初勵精圖治的皇帝了；其次，李白發現皇帝對自己並不器重，唐玄宗看重的只是自己在作詩方面的才華，將自己作為裝潢門面、粉飾太平的工具；最重要的是，李白明顯感受到了宮廷中黑暗、腐敗的一面和權臣之間勾心鬥角的醜惡現象，這令他感到非常失望。李白性格清高孤傲，不屑於巴結李林甫、楊國忠、高力士等皇帝身邊的權臣，他這種高傲的姿態遭到了這些權臣的嫉恨，因此受到排擠。他們開始向唐玄宗進讒言毀謗李白，而唐玄宗也漸漸地冷落了他。李白感受到了這種變化，也深深覺得這跟自己的理想相距太遙遠，於是主動上表請求退隱，唐玄宗馬上批准，賜金放還。天寶三年（公元 744 年），李白就這樣體面地離開了朝廷。

旅遊看點

燕下都遺址　燕文化是河北燕趙文化的重要組成部分。燕下都時期發生了燕昭王高築黃金台招賢納士、秦開北伐東胡開發東北、荊軻刺秦捨生取義等具有深遠歷史影響的重大事件。遺址位於河北省易縣東南部，距縣城中心 4 公里，這裏曾是戰國時期燕國的都城，是全國目前保存面積最大、保護最完整的戰國大型都城遺址。

燕　歌　行

漢家煙塵在東北，漢將辭家破殘賊。[1]
男兒本自重橫行，天子非常賜顏色。[2]
摐金伐鼓下榆關，旌旆逶迤碣石間。[3][4]
校尉羽書飛瀚海，單于獵火照狼山。[5][6][7]
山川蕭條極邊土，胡騎憑陵雜風雨。[8]
戰士軍前半死生，美人帳下猶歌舞！
大漠窮秋塞草腓，孤城落日鬥兵稀。[9]
身當恩遇恆輕敵，力盡關山未解圍。[10]
鐵衣遠戍辛勤久，玉箸應啼別離後。[11]
少婦城南欲斷腸，征人薊北空回首。[12]
邊庭飄颻那可度，絕域蒼茫更何有！[13]
殺氣三時作陣雲，寒聲一夜傳刁斗。[14]
相看白刃血紛紛，死節從來豈顧勳？[15]
君不見沙場征戰苦，至今猶憶李將軍！[16]

高

適

❶ 漢家：漢朝，唐人詩中經常借漢喻唐。

❷ 非常賜顏色：遠超過平常的厚賜禮遇。

❸ 摐（chuāng）：用手或器具撞擊物體。

❹ 榆關：山海關，通往東北的要隘。

❺ 羽書：插有鳥羽的軍用緊急文書。

❻ 單于：匈奴首領稱號，也泛指北方少數民族首領。

❼ 狼山：又名郎山，即今河北易縣境內狼牙山。一說在今內蒙古的
狼居胥山。東漢初，匈奴、烏桓曾犯五阮關（紫荊關），全詩以
幽燕地區為背景，且與開篇「漢家煙塵」相呼應，應以狼牙山
為確。

❽ 憑陵：仗勢侵陵。

❾ 腓：指枯萎。

❿ 玉箸：玉筷子，對婦女眼淚的美稱，喻思婦的眼淚。

⓫ 薊北：薊曾為燕國都城。唐代薊州在今天津市以北一帶，此處當
泛指唐朝東北邊地。

⓬ 李將軍：指漢朝李廣，他能捍禦強敵，愛撫士卒，匈奴稱他為
「漢之飛將軍」。

　　《燕歌行》是高適的代表作，也是唐代邊塞詩的傑作。高適一直
關注東北邊塞軍事，自唐開元十八年（公元 730 年）至二十二年（公
元 734 年），契丹多次侵犯唐邊境，這期間他幾次上薊門和幽燕，
希望為國家效力均未能如願。開元二十一年後，幽州節度使張守珪
經略邊事，初有戰功。但二十四年以後，張守珪在與奚族作戰過程
中驕逸輕敵，不恤士卒，致使戰事兩次失利。張守珪卻隱瞞事實真
相謊報軍情。高適有感於此，作此詩加以諷刺。

旅遊看點

狼山　即狼牙山，坐落在河北省保定市易縣西部的太行山東麓，屬太行山脈，距縣城 45 公里，因其奇峯崢嶸，狀若狼牙而得名。郎山自古為旅遊勝地，「郎山競秀」被列入「易州十景」，載於明弘治《易州志》。山上有老君堂、蠶姑奶奶廟、九姑奶奶廟等廟宇，古洞、古柏眾多。棋盤坨有一塊天然形成的酷似棋盤的巖石，傳說孫臏與其師鬼谷子常在此佈棋為樂，三教堂同時供奉儒、道、佛三祖——孔子、老子、如來，堪稱中華奇觀。蠶姑奶奶廟是祭祀中華文明始祖黃帝正妃嫘祖的道場，傳說嫘祖曾在此植桑養蠶，繰絲織錦，衣被天下，是中華農耕文明的重要歷史地標。

五勇士紀念塔　是全國重點烈士紀念建築物。1941 年 9 月 25 日，八路軍戰士馬寶玉、葛振林、宋學義、胡德林、胡福才五勇士為掩護主力及人民羣眾安全轉移，在狼牙山英勇抗擊日寇並將日寇引向絕路，最後彈盡路絕，捨身跳崖。景區現有狼牙山五勇士陳列館、五勇士抗擊日寇阻擊戰遺址、八路軍彈藥庫、五勇士紀念塔、五勇士銅像、楊成武將軍指揮所舊址、狼牙山烈士陵園，擊斃日軍中將阿部歸秀紀念地等革命歷史遺跡。

（九）

台　城

江雨霏霏江草齊①，
六朝如夢鳥空啼②。
無情最是台城柳③，
依舊煙籠十里堤。

韋莊

注釋

❶ 霏霏：雨細密的樣子。

❷ 六朝：指吳、東晉、宋、齊、梁、陳。

❸ 空：枉然。

背景

　　韋莊（約公元 836～910 年），字端己，京兆杜陵（今陝西西安）人，韋應物四世孫，詩中自稱家貧，年輕時卻生活放蕩。乾寧元年進士，授校書郎。曾奉使入蜀。天復元年再度入蜀，後協助王建稱帝，任左散騎常侍、判中書門下事、吏部侍郎等。韋莊是晚唐詩壇最優秀的詩人之一，也是晚唐五代重要詞人，為花間派的代表，與溫庭筠齊名，史稱「溫韋」。有《浣花集》十卷，《全唐詩》編其詩六卷。

　　這是一首憑吊六朝古蹟台城的詩。中唐時期，昔日繁華的台城已是「萬戶千門成野草」，到了唐末，台城就更是荒廢不堪了。韋莊身處唐末，此時唐王朝全面走向衰落，昔日的繁華已蕩然無存，如大夢一場，取而代之的是兵荒馬亂、民不聊生。唐僖宗中和三年（公元 883 年），韋莊客遊江南，在目睹了六朝故都金陵繁華落盡之後，作此詩以抒發世變時移的感慨。

台城 也稱苑城，在今南京雞鳴山麓，玄武湖邊，是東晉至南朝時期的朝廷和皇宮所在地。始建於三國時期吳國黃龍元年（公元229年），為孫權所建，都城周長約二十里。東晉咸和年間開始擴建。「台」，指當時以尚書台為主體的中央政府，因尚書台位於宮牆之內，因此宮城又被稱作「台城」。台城自建成後直到南朝最後一個皇帝，在長達200多年的時間裏一直是國家中心所在。史載，台城「宮殿壯麗巍峨，殿閣崇偉」。公元4～6世紀，建康城是世界上最大的城市之一，台城也就成為繁華的象徵。隋滅陳後，楊堅將建康的宮苑蕩平為耕地，原來綺麗宮室化為廢墟，南京被分割成若干縣，大都市變為農業區。台城遺跡從此湮沒地下。台城湮沒之後，宮城的具體範圍一直不明，2008年，考古工作者對博物館所在地塊進行發掘時，在地下2米深處發現了一處夯土牆，經考證為建康宮城的建築遺址 —— 台城的核心部分。正是因為這處千年遺址的出土，才有了今天的六朝博物館。不過曾經被誤認為「台城」的南京明城牆段也沒有荒廢。早在1994年9月，南京城牆「台城段」就修復竣工並向遊人開放。這段城牆從解放門到九華山全長1700米，充分展示了南京山、水、城、林多層次結合的獨特景觀。登臨城上，東眺鍾山龍蟠蒼翠，山色空明；北賞玄武十里煙柳，煙波浩渺；南觀九華塔影婆娑，寶塔高聳；西覽雞鳴寺黃牆青瓦，古剎鐘聲蕩氣回腸。

雞鳴寺 又稱古雞鳴寺，位於南京市玄武區雞籠山東麓，始建於西晉，是南京城最為古老、香火最旺的佛寺之一，自古有「南朝第一寺」「南朝四百八十寺之首」的美譽，是南朝時期中國的佛教中心。雞鳴寺歷史可追溯至東吳的棲玄寺，寺址所在為三國時吳國後苑之地，西晉永康元年（公元 300 年）在此倚山造室，始創道場。東晉以後，此處被闢為廷尉署，至南朝梁普通八年（公元 527 年）梁武帝在雞鳴埭興建，使這裏從此真正成為佛教聖地。明洪武二十年（公元 1387 年）明太祖朱元璋下令拆去舊屋，擴大規模，重建寺院。朱元璋題額為「雞鳴寺」。後經明宣德、成化、弘治年間擴建，院落規模宏大，佔地達百餘畝。後來古寺毀於咸豐戰火，雖同治年間重修，規模卻大大縮小，但香火一直旺盛不衰。雞鳴寺內現有大雄寶殿、觀音樓、韋馱殿、志公墓、藏經樓、念佛堂和藥師佛塔等主要建築。

（一〇）

憶揚州

蕭娘臉薄難勝淚①②，
桃葉眉長易覺愁⑤。
天下三分明月夜，
二分無賴是揚州④。

徐凝

注釋

1. 蕭娘：南朝以來，詩詞中的男子所戀的女子常被稱為蕭娘，女子所戀的男子常被稱為蕭郎。
2. 臉薄：容易害羞，這裏形容女子嬌美。
3. 桃葉：晉代王獻之有妾名桃葉，篤愛之，故作《桃葉歌》。後常用作詠歌伎的典故。這裏是指可愛少女或指思念的佳人。
4. 無賴：可愛，可喜之意。

背景

　　徐凝，睦州（今浙江建德）人，生卒年不詳。主要活動在唐憲宗元和年間（公元 806～820 年），與靜友張祜年歲相當，與白居易、元稹同時而稍晚。他精研吟詠，無意進取，元和年間有詩名。後遊於長安，竟無所成，遂歸隱故里，優遊而終。《全唐詩》錄存一卷。

瘦西湖　原名保障湖，位於揚州市西北郊，總面積 2000 畝，水上面積 700 畝。因湖面瘦長，稱「瘦西湖」。瘦西湖在清代康乾時期已形成基本格局，有「園林之盛，甲於天下」之譽。瘦西湖主要分為十四個景點，包括五亭橋、二十四橋、荷花池、釣魚台等。瘦西湖以其豐富的人文景觀、秀麗典雅的自然風韻和相互因借的藝術手法，成為古今中外賓客紛至遝來的著名遊覽勝地。揚州有「月亮城」的美譽，在揚州最令人津津樂道的賞月去處是瘦西湖裏的五亭橋。五亭橋又名蓮花橋，由 15 個橋洞組成。相傳，農曆八月十五的夜晚，划船到五亭橋下，在五亭橋下的 15 個橋洞裏都可見到一輪圓月。

徐凝門　為始建於明代嘉靖年間的「南便門」，清初改稱為「徐寧門」，後來為了紀念寫下「天下三分明月夜，二分無賴是揚州」的唐代詩人徐凝，改名「徐凝門」。舊時，以城門為界，城門內叫徐凝門內街，城門外叫徐凝門外街。徐凝門街是古城東南一條南北走向的街道，北起廣陵路，隔路與皮市街相接，南至南通東路，直走向南可上跨越古運河的徐凝門橋。從古至今，徐凝門街都是頗負盛名的街道。如今，在南通東路下面「藏」着「徐凝門」。現在的徐凝門是根據當初的徐凝門在遺址上復建的，也是為了方便人們通行。雖然原來的徐凝門遺址藏在地下，考古人員還沒有對該遺址進行過考古發掘，但是，從一些地方志上還能看出當初城門大致的模樣。

次北固山下[1]

客路青山外，行舟綠水前[2]。
潮平兩岸闊[3]，風正一帆懸[4]。
海日生殘夜[8]，江春入舊年[5][6]。
鄉書何處達[9]，歸雁洛陽邊[10][7]。

王灣

① 次：停泊。

② 客路：遠行的路。

③ 潮平：指潮水上漲與兩岸齊平。

④ 闊：一作「失」。

⑤ 風正：指風正對着帆吹，順風之意。

⑥ 一帆：孤舟。

⑦ 海日：海上的旭日。

⑧ 殘夜：夜將盡之時，即快天亮時。

⑨ 鄉書：家信。

⑩ 歸雁洛陽邊：意謂希望歸雁能把我的家信捎到故鄉洛陽去。歸
雁，古時相傳鴻雁可以傳書。

背
景

　　王灣（公元 693～751 年），洛陽（今屬河南）人。唐玄宗先天
年間進士。任滎陽主簿，後參加唐朝政府編次官府所藏圖書《羣書
四部錄》的整理工作。以洛陽尉終。他早年即以詩著名，往來吳楚
間，多有著述。

　　這首詩是詩人在一年冬末春初時，由楚入吳，在沿江東行途中
泊舟於江蘇鎮江北固山下時有感而作。王灣作為開元初年的北方詩
人，往來於吳楚間，被江南的清麗山水所傾倒，並受到當時吳中詩
人清秀詩風的影響，寫下了一些歌詠江南山水的作品，《次北固山
下》就是其中最著名的一篇。

旅遊看點

北固山　位於鎮江市北側，瀕臨長江，是鎮江三山名勝之一。其形勢險要，風景秀麗，與金山、焦山成掎角之勢。在古代北固山更為遊人所樂道，故有「京口第一山」之稱。三國時起，即有「北固山」之名，梁武帝於大同三年（公元 537 年）登山後敕令改名為「北顧山」。唐代鎮江（潤州）稱金陵，故當時名「金陵山」。李白詩「丹陽北固是吳關」傳詠後，「北固」之名沿傳至今。北固山自古為軍事重地，屯儲軍需，駐軍守衛。遠在三國東吳孫策、周瑜時，就設主管於此。北固山以其「雄險」之姿著稱天下，山勢由前峯穩沉再由龍埂順中峯之脊蜿蜒直上後峯，臨空破江，突兀挺立，絕壁鎮濤，勢拔江城。武聖巖如虎踞大江，甘露寺如龍盤長崗。北固山亦因辛棄疾《南鄉子・登京口北固亭有懷》《永遇樂・京口北固亭懷古》兩詞、南朝梁武帝題寫「天下第一江山」、劉備甘露寺招親等歷史文化勝跡和傳說聞名於世。

甘露寺　坐落於北固山北峯之巔，始建於東吳甘露年間（公元 265～266 年），故名「甘露寺」。古甘露寺規模宏大，宋代有僧侶 500 多人。明、清是全盛時期，寺宇、殿堂、僧屋計有 200 多間。康熙、乾隆二帝曾在此建有行宮。甘露寺又是中國古代著名的古刹之一，其建築特點與金山、焦山不同，採用了「以寺鎮山」的手法，故有飛閣凌空之勢，形成了「奪冠山」的特色。現在山上的甘露寺，是唐代寶曆年間由潤州刺史李德裕所建，他為了紀念鎮江曾作過東吳都城，使人們永遠不忘三國鼎立的史實，故將三國時劉孫聯盟的史跡、孫劉聯姻的傳說及遺物移上山來。從此，北固山便成為我國著名的歷史勝境了。

題潤州①金山寺

一宿金山寺，超然離世羣。

僧歸夜船月，龍出曉堂雲。

樹色中流見，鐘聲兩岸聞。

翻思②在朝市，終日醉醺醺。

張

祜

❶ 潤州：鎮江的古稱，隋開皇十五年（公元 595 年）置潤州，此為潤州行政建置取名之始。

❷ 翻思：反覆思考。

　　張祜（約公元 785～約 849 年），字承吉，清河（今屬河北）人，一作南陽（今屬河南）人。出生於望族，家世顯赫，被人稱作張公子。原來客居姑蘇（今江蘇蘇州），後遷徙淮南，一生沒有做過官。他性愛山水，多遊名寺，又放蕩任俠。其詩以七絕勝。

　　本詩寫於張祜第一次諸侯書薦失敗歸來，因為仕途失意，張祜整日借酒澆愁，過着放蕩不羈的生活。

　　對張祜《題潤州金山寺》的評價歷來褒貶不一，褒者認為空前絕後，貶者多站在藝術的角度批評張祜《題潤州金山寺》尾聯「翻思在朝市，終日醉醺醺」打破全詩意境的和諧，落入張打油、胡釘鉸之流。

金山寺　國家 5A 級旅遊景區,位於今江蘇鎮江市區西北的金山上,始建於東晉,至今已有 1600 多年歷史。原名澤心寺,亦稱龍遊寺。清康熙帝曾親筆題寫「江天禪寺」,但自唐以來,人皆稱金山寺,是中國佛教誦經設齋、禮佛拜懺和追薦亡靈的水陸法會的發源地。金山寺寺門朝西,依山而建,殿宇櫛比,亭台相連,遍山佈滿金碧輝煌的建築,以致令人無法窺視山的原貌,因而有「金山寺裹山」之說。寺內主要建築為天王殿、大雄寶殿、觀音閣、藏經樓、方丈室等。金山寺自創建以來,經歷代修葺,古蹟甚多,其中主要有慈壽塔、法海洞、妙高台、楞伽台(又名蘇經樓)、留雲亭(又名「江天一覽亭」)等。其中,慈壽塔下的「周鼎、金山圖、銅鼓、玉帶」合為「四寶」,被稱為金山寺鎮山之寶。中國著名的民間故事《白蛇傳》中,有「水漫金山寺」一節,其跌宕起伏,曲折動人的情節,使金山寺名播四海。

送靈澈上人❶

蒼蒼竹林寺❷，
杳杳鐘聲晚❸。
荷笠帶斜陽❹，
青山獨歸遠。

劉長卿

❶ 靈澈上人：唐代僧人，本姓陽，字源澄，越州（今浙江紹興）人，後為雲門寺僧。善詩，名震士林。上人，對僧人的敬稱。

❷ 蒼蒼：深青色。

❸ 杳杳：深遠的樣子。

❹ 荷笠：背着斗笠。荷，背着。

劉長卿（公元 709～約 789 年），字文房，河間（今屬河北）人，一作宣城（今屬安徽）人。開元進士，曾任監察御史、蘇州長洲尉、轉運使判官。因剛而犯上，兩度被貶謫，官終隨州刺史，因稱劉隨州。劉長卿享名於中唐詩壇，有「五言長城」之譽。他的山水風景詩風格清淡，與王維、孟浩然頗為接近。有《劉隨州集》傳世。

靈澈上人是中唐時期著名詩僧，俗姓湯，字源澄，會稽（今浙江紹興）人，在會稽雲門山雲門寺出家，詩中的竹林寺在潤州（今江蘇鎮江），是靈澈此次遊方歇宿的寺院。這首詩寫傍晚時分，詩人送靈澈返回竹林寺的途中。

劉長卿和靈澈相遇又離別於潤州，在唐代宗大曆四、五年（公元 769～770 年）間。劉長卿於唐肅宗上元二年（公元 761 年）從貶謫南巴（今廣東茂名南）歸來，一直失意待官，心情鬱悶。靈澈此時詩名未著，雲遊江南，心情也不大得意，在潤州逗留後，將返回浙江。一個宦途失意客，一個方外歸山僧，在出世入世的問題上，可以殊途同歸，同有不遇的體驗，共懷淡泊的胸襟。這首小詩表現的就是這樣一種境界。

旅遊看點

鶴林寺　舊名竹林寺，位於鎮江市南郊磨笄山北麓，是鎮江南郊最古老、寺院規模最大，古蹟、典故最多的寺院，始建於東晉元帝大興四年（公元 321 年）。據載，南朝宋武帝劉裕未發跡時曾居此務農，常見黃鶴成羣飛翔山下，即位後，乃改寺名為鶴林。古竹院是其別稱，亦稱「竹林精舍」。鶴林寺在唐時範圍較大，據說出了山門就到城門 —— 鶴林門。後幾經興廢，規模逐漸縮小。由於寺靠近城市，文人墨客常流連其間，覽物生情，吟詩作畫，留下許多佳話。唐人李涉《題鶴林寺壁》寫道：「終日昏昏醉夢間，忽聞春盡強登山，因過竹院逢僧話，偷得浮生半日閑。」明永樂（公元 1403～1424 年）中，寺又被毀，僧得月稍葺治之於磨笄山下，就是現在鶴林寺所在的地方。明萬曆年間，秀水縣進士鍾庚陽招僧德乘居之，吏部尚書陸光祖捐金復寺，重建天王殿、方丈、僧寮、蓮亭、竹院，有寄奴泉、米顛墓、逢僧處、香花橋、杜鵑台、濂溪祠、馬祖塔、太傅松八景。

（一四）

題 金 陵 渡

金陵津渡小山樓，③
一宿行人自可愁。④②
潮落夜江斜月裏，
兩三星火是瓜州。⑤

張

祜

注釋

① 津渡：渡口。
② 小山樓：渡口小樓，張祜寄宿之處。
③ 宿：過夜。
④ 行人：旅客，指作者自己。
⑤ 瓜州：又作「瓜洲」，因其形如瓜而得名。在今江蘇揚州長江邊，大運河入長江處，為南北交通要衝。

背景

　　張祜初寓姑蘇，後至長安，為元積排擠，曾漫遊各地，晚至淮南。他長年浪跡江湖，集狂士、浪子、遊客、幕僚、隱者於一身，有「海內名士」之譽。杜牧稱讚他說：「何人得似張公子，千首詩輕萬戶侯。」張祜作詩常反覆吟誦，雕琢字句，妻子兒女每次叫他，他都不應，說：「我正要口裏生花，難道還顧得上你們嗎？」張祜生性喜愛山水，遊覽了許多有名的佛寺，如杭州的靈隱寺、天竺寺，蘇州的靈巖寺、楞伽寺，常州的惠山寺、善權寺，潤州的甘露寺、招隱寺，所到之處往往題詩作賦。

　　這首是詩人漫遊江南時寫的一首小詩。張祜夜宿鎮江渡口時，面對長江夜景，以此詩抒寫了在旅途中的愁思，表現了心中的寂寞淒涼。

西津渡　是古代鎮江「金陵渡」的遺址，形成於三國時代，唐代具有完備的渡口功能，一直是我國南北水上交通、漕運的樞紐，發生過眾多政治、軍事、經濟、文化領域的重大歷史事件。明《讀史方輿紀要》記載：「今（鎮江）城西北三里曰西津渡，為南北對渡口，古謂之西渚……唐時亦曰蒜山渡，宋置西津寨於此，俗謂之西馬頭，即江口也，亦曰京口港」。

瓜洲古渡　位於揚州市古運河下游與長江交匯處，潤揚大橋、揚州港與其毗鄰相接，鎮江金山寺與其隔江相對。「泗水流，汴水流，流到瓜洲古渡頭」，千年古渡，勝境猶存。唐代高僧鑒真從這裏起航東渡日本，清康熙、乾隆二帝及歷代文人墨客途經瓜洲，留下了許多膾炙人口的詩篇，民間傳說《杜十娘怒沉百寶箱》的故事也發生在這裏。瓜洲古渡瀕江臨河，四面環水，樓台亭榭參差有致，歷史遺跡分佈其間，堪稱「古渡明珠，江濱寶石」。如今，古渡遺址、御碑亭、沉箱亭已成為中外遊客尋幽探古的佳處。

題惠山寺

舊宅人何在，空門客自過。

泉聲到池盡，山色上樓多。

小洞生斜竹，重階夾細莎。

殷勤望城市，雲水暮鐘和。

張

祜

注
釋

❶ 舊宅：指惠山寺。惠山寺建於南朝宋景元元年（公元 423 年），
　 至今遭過五次毀建。唐朝會昌年間（公元 841～846 年）曾遭大
　 火燒毀，唐朝大中年間（公元 847～859 年）重建，張祜是在公
　 元 852 年去世的。那麼張祜所到惠山寺的時候，正好是惠山寺
　 毀，或者在重建之中。故舊宅應該是指毀前的惠山寺。或者是指
　 惠山寺前身，南朝劉宋司徒右長史湛挺創立的「歷山草堂」。
❷ 空門：即佛門，佛教。在此代指惠山寺。
❸ 細莎：小草。唐李賀詩：「白鐵銼青禾，碪間落細莎。」
❹ 殷勤：此處為懇切、細緻、認真之意。
❺ 城市：指無錫縣城，今無錫市區。

背
景

　　張祜一生未仕，浪跡天涯，遍覽大好河山，寫下了大量的題
詩，特別是他拜訪過許多有名的佛寺，僅題寺院的詩就達 40 多
首，是歷代詩人中題詩寫得最多的人。《題惠山寺》就是其中著名的
一首。

　　張祜雖官場不利，但在詩歌創作上取得了卓越的成就。其詩作
流傳下來的不少，有「海內名士」之譽。他作的《宮詞二首》之一：
「故國三千里，深宮二十年。一聲《何滿子》，雙淚落君前。」流行
一時。後來這首詞傳入宮禁，唐武宗病重時，孟才人懇請為上歌一
曲，唱到「一聲何滿子」，竟氣哽腸斷而死。這種至精至誠的共鳴，
恰恰說明了張祜詩作的魅力。

旅遊看點

惠山　古稱慧山、慧泉山、西照山，相傳西域僧人惠照曾居此處，故唐以後稱惠山。惠山是無錫旅遊的發源地，林木蔥鬱，地靈人傑，歷經幾千年歷史，留下許多風景名勝。位於惠山東麓的天下第二泉，原名惠山泉。唐代茶聖陸羽曾到無錫訪友，居惠山寺，他飲過惠山泉後，對清冽甘美的泉水極為傾心。後來陸羽品評天下水為二十等，惠山泉位列第二，天下第二泉之稱於是產生。相傳他就是飲用了惠山泉的水，才寫下了《茶經》。惠山的寄暢園是江南園林的代表作之一，清朝康熙、乾隆二帝下江南，每次到無錫必到寄暢園，寄暢園現為全國重點文物保護單位。錫惠公園還有以戰國時期楚國公子春申君名字命名的春申澗；有着535年歷史的，全國唯一沒有斷代的詩社碧山吟社舊址建築羣以及惠山寺、秦觀墓、貫華閣等。

惠山寺　位於惠山秀嶂街，始建於南北朝，距今已有一千五百餘年。它的前身是南朝劉宋司徒右長史湛挺創立的「歷山草堂」。劉宋景平元年（公元423年），歷山草堂被改作僧舍，稱「華山精舍」，梁朝大同三年（公元537年），「華山精舍」改稱「慧山寺」。惠山寺歷經千年，其間幾經毀建，但香火不絕。惠山寺迄今仍保留的古蹟和建築物有古華山門、唐宋石經幢、金剛殿、香花橋和日月池、金蓮橋和金蓮池、御碑亭、聽松石床、古銀杏樹、大同殿、竹爐山房和雲起樓等。

無錫　簡稱「錫」，據《漢書》記載，周、秦期間，無錫境內錫山多錫礦，居民爭相開挖。漢初時錫礦開盡，故名「無錫」。無錫地處長江三角洲平原腹地，江蘇省南部，南瀕中國第三大淡水湖——太湖，北依長江，京杭大運河繞境而過，南接浙江省、安徽省，西鄰常州市，東靠蘇州市，西距南京177公里，東距上海128公里，是長江經濟帶、長江三角洲城市羣的重要城市。無錫氣候溫和濕潤、四季分明、水美土肥、物產豐富，是全國著名的魚米之鄉。

送人入吳

君到姑蘇見，人家盡枕河④。
古宮②閑地少③，水港小橋多④。
夜市賣菱藕，春船載綺羅⑤。
遙知未眠月⑥，鄉思在漁歌。

杜荀鶴

注釋

❶ 枕河：臨河。

❷ 古宮：即古都，此處代指姑蘇。

❸ 閑地少：指人煙稠密，屋宇相連。

❹ 水港：河汊子，指流經城市的小河。一作「水巷」。

❺ 綺羅：指華貴的絲織品或絲綢衣服。一說此處是貴婦、美女的代稱。

❻ 未眠月：月下未眠。

背景

　　杜荀鶴（公元 846～904 年），字彥之，號九華山人。池州石埭（今安徽石台）人。大順二年（公元 891 年）進士，官至翰林學士、主客員外郎、知制誥。工詩文，自序其文為《唐風集》十卷，今編詩三卷。

　　這首送別詩通過想像描繪了吳地秀美的風光，毫無離別時的傷感情緒，筆致新穎可喜，僅在結尾處輕輕點出送別之意。唐代的蘇州又稱吳郡，作者送人前往漫遊的吳縣，又叫姑蘇，是當時蘇州的政治、經濟、文化中心。此地是富庶的魚米之鄉，絲織品聞名全國，還有不少古蹟，作品抓住這些特點，通過詩句把這個典型的江南水鄉城市活脫而出。作者對它熟悉而又有感情，所以人們讀來親切有味。

蘇州 古稱吳，簡稱為蘇，又稱姑蘇、平江，位於江蘇省東南部，長江三角洲中部，是江蘇長江經濟帶的重要組成部分。東臨上海，南接嘉興，西抱太湖，北依長江，是長江三角洲重要的中心城市之一。蘇州氣候四季分明，雨量充沛，種植水稻、小麥、油菜，出產棉花、蠶桑、林果，特產有碧螺春茶葉、長江刀魚、太湖銀魚、陽澄湖大閘蟹等。蘇州是國家歷史文化名城和風景旅遊城市，有近2500年的歷史，是吳文化的發祥地。蘇州古典園林是中國私家園林的代表，被聯合國教科文組織列入世界文化遺產名錄，中國大運河蘇州段被列入世界文化遺產名錄。蘇州自古以來就享有「人間天堂，東方水城」的美譽，是名副其實的水城。城垣四周為寬闊的護城河環抱，城內河道水系縱橫交錯，河網如織，河道稠密，故蘇州的橋樑眾多。唐時白居易有「綠浪東西南北水，紅欄三百九十橋」之句，《宋平江圖》上載有橋314座。至明代，文人高啟有詩曰「畫橋三百映江城」之描述，而明末《蘇州水道圖》載古城有橋340座。此後世事滄桑，河道減少，橋也因之拆去不少。但至今蘇州城仍有河道35公里，橋175座，仍不失為中國河和橋最多的一個城市。風姿各異的古橋、縱橫交錯的河道、枕河而居的民宅，形成了「河街相鄰，水陸並行」的雙棋盤格局。

題破山寺後禪院

清晨入古寺，初日照高林。
曲徑通幽處，禪房花木深❶。
山光悅鳥性，潭影空人心❷。
萬籟此俱寂❸，唯聞鐘磬音❹。

常建

❶ 禪房：僧房。

❷ 空人心：使人心空明潔淨。

❸ 萬籟：各種聲音。籟，從空穴裏發出的各種聲音，泛指聲音。

❹ 磬（qìng）：僧寺中的銅樂器。鳴鐘擊磬，僧人用以表示活動的開始與結束。

背景

　　常建（生卒年不詳），開元十五年（公元 727 年）進士及第，曾任盱眙尉。後仕途失意，所以寄情山水，常往來山林幽隱之地，後隱居鄂州武昌（今屬湖北）。常建的詩在當時極受推崇，其詩多為五言，常以山林、寺觀為題材，也有部分邊塞詩。有《常建詩集》一卷，《全唐詩》錄其詩一卷。

　　這首詩是一首題壁詩，是詩人遊覽破山寺後禪院時所作，表現了作者淡泊的襟懷。詩中着力描寫後禪院景物的幽靜，在優遊中寫感悟，具有盛唐山水的共通情調，但風格閑雅清靜，藝術上與王維的高妙、孟浩然的平淡都不雷同，確屬獨具一格。

　　宋代歐陽修十分喜愛「曲徑通幽處，禪房花木深」兩句，說「欲效其語作一聯，久不可得，乃知造意者為難工也」。後來他在青州一處山齋宿息，親身體驗到「曲徑」兩句所寫的意境情趣，更想寫出那樣的詩句，卻仍然「莫獲一言」。由此可見常建此詩的高妙之處。現江蘇常熟虞山破山寺已成著名景點，全賴常建此詩以傳。

旅遊看點

破山寺　即興福寺，位於江蘇省常熟市虞山北麓，是國務院確定的漢族地區佛教全國重點寺院，文物保護單位。興福寺南齊延興至中興年間初名「大悲寺」。梁大同五年（公元 539 年）大修並擴建，改名「福壽寺」，因寺在破龍澗旁，故又稱「破山寺」。唐咸通九年（公元 868 年）懿宗御賜「興福禪寺」額，興福寺成為江南名剎之一。清乾隆三十七年（公元 1772 年）建亭勒石，立碑在興福寺內，至今仍完整無損。

虞山　位於江蘇省常熟市，古稱烏目山，橫臥於常熟城西北，北瀕長江，南臨尚湖，是國家 4A 級景區。因商周之際江南先祖虞仲（即仲雍）死後葬於此而得名。虞山山體由西北向東南展佈，峯巒連綿起伏，海拔 263 米，南北寬約 3 公里，東西長約 7 公里，繞山一周約 20 公里，半入古城，故有「十里青山半入城」之譽。

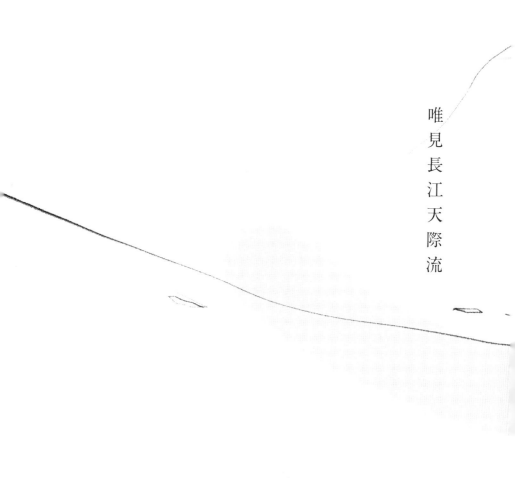

第 三 章

唯見長江天際流

發源於世界屋脊 —— 青藏高原的長江自古是中華文化的發源地和重
要的水路通道。它一路高歌歡唱、氣勢磅礴,大小湖泊與幹支流眾
多,其流域面積遼闊,歷史悠久,景觀紛呈,沿岸城市是自古以來
文人墨客的鍾愛之地。三峽、九華山、黃山、洞庭湖等都是全國著
名的遊覽勝地,亦是唐代著名詩人李白、杜甫、白居易、王維、孟
浩然等壯遊、懷古之地。

夔州歌十絕句（其一）

中巴之東巴東山[1]，
江水開闢流其間[2]。
白帝高為三峽鎮[3]，
瞿塘險過百牢關[4]。

杜甫

注釋

❶ 中巴之東巴東山：東漢末劉璋據蜀，分其地為三巴，有中巴、西巴、東巴。夔州為巴東郡，在「中巴之東」。「巴東山」即大巴山，在渝、陝、鄂三省邊境，詩中特指三峽兩岸連山。

❷ 白帝：白帝城。

❸ 三峽：瞿塘峽、巫峽、西陵峽，兩岸連山，七百餘里。

❹ 百牢關：百牢關在漢中，兩山相對，六十里不斷，漢水流其間，因與夔州的瞿塘相似，故以作比。

背景

唐代宗大曆元年（公元 766 年），幾經漂泊，杜甫初寓夔州（今重慶市奉節縣）。山川雄壯奇險，歷史古蹟豐厚，杜甫一連寫下十首絕句歌詠夔州的山川景色和人文景觀，合為《夔州歌十絕句》。此詩是其中的一首。

杜甫與古夔州可謂是有緣的。他曾在此居住兩年，寫下了四百多首膾炙人口的詩歌，約佔其詩歌創作總量的三分之一。世人極為推崇的《登高》曰：「風急天高猿嘯哀，渚清沙白鳥飛回。無邊落木蕭蕭下，不盡長江滾滾來。」正是如畫夔州的真實寫照。古人有九月九日登高的風俗，這首詩就是代宗大曆二年（公元 767 年）的重陽節，杜甫在夔州登高時所作。

夔州八陣圖　又名武侯陣圖，分為「水八陣」與「旱八陣」，傳說為三國時諸葛亮在夔州江灘所設。水八陣在奉節老縣城東沙灘上，長約 2000 米，寬約 800 米。據明代《正德夔州府志》載：「其陣聚細石為之，作八八六十四堆，外複列二十四堆，堆高五六尺，相距八尺許，廣如其高。」酈道元作《水經注》時，還看到壘石佈陣的故址，但天長日久，大水沖沒，今已不存。旱八陣位於奉節杜甫草堂東行兩公里處，其陣為犬牙交錯的山形，四周溝壑縱橫，懸崖峭壁，地形複雜。杜甫居夔州時因景仰諸葛亮，作《八陣圖》：「功蓋三分國，名成八陣圖。江流石不轉，遺恨失吞吳。」

長江三峽　又名峽江或大三峽，位於重慶市和湖北省境內的長江幹流上，西起重慶市奉節縣的白帝城，東至湖北省宜昌市的南津關，全長 193 公里，由瞿塘峽、巫峽、西陵峽組成。其中瞿塘峽位於重慶奉節境內，巫峽位於重慶巫山和湖北恩施州的巴東兩縣境內，西陵峽在湖北宜昌市秭歸縣境內。人民幣十元紙幣背面的三峽夔門景觀更彰顯了長江三峽在中國悠久歷史文化中重要的標誌性地位。長江三峽是中國古文化的發源地之一。它是世界上唯一可以乘船遊覽的大峽谷，是中國最早向世界推薦的兩條黃金旅遊線之一（另一條為絲綢之路）。

瞿塘峽　又名夔峽，西起重慶市奉節縣的白帝城，東至巫山縣的大溪鎮，全長約 8 公里。在三段峽谷中，它最短，最狹，最險，氣勢和景色也最為雄奇壯觀。其「雄」首先是山勢之雄。遊人進入峽中，但見兩岸險峯上懸下削，如斧劈刀削而成。山似拔地來，峯若刺天去。峽中主要山峯，有的高達 1500 米。瞿塘峽中河道狹窄，河寬不過百餘米。最窄處僅幾十米，這使兩岸峭壁相逼甚近，更增幾分雄氣。其中峽之西端的夔門尤為雄奇。它兩岸若門，呈欲合未合之

狀，堪稱天下雄關。瞿塘之雄還在於水勢之雄。古人詠瞿塘：「鎖全川之水，扼巴蜀咽喉。」瞿塘峽雖然較短，但峽小景不少。古人形容瞿塘峽「案與天關接，舟從地窟行」，沿江主要景點有奉節古城、八陣圖、古棧道、風箱峽、粉壁牆、孟良梯、犀牛望月等，其中粉壁牆上佈滿了歷代碑刻，十分可觀。

（二）

登岳陽樓

昔聞洞庭水，今上岳陽樓①。

吳楚東南坼②，乾坤日夜浮③。

親朋無一字④，老病有孤舟⑤⑥。

戎馬關山北⑧，憑軒涕泗流⑨。

杜甫

注釋

❶ 洞庭水：即洞庭湖。

❷ 坼（chè）：分裂。大致說來，湖在楚之東，吳之南，中由湖水分開，故曰「坼」。

❸ 乾坤：指日月。《水經注・湘水》載：「（洞庭）湖水廣圓五百餘里，日月若出沒於其中。」

❹ 字：指書信。

❺ 老病：杜甫時年五十七，身患肺病、瘧疾、耳聾等多種疾病，故云。

❻ 有孤舟：謂水上漂泊，只能以舟為家。

❼ 戎馬：指戰爭。據史載，大曆三年秋冬，吐蕃屢侵隴右、關中一帶，京師戒嚴。因其地在岳陽西北，故曰「關山北」。

❽ 憑軒：倚樓上欄杆。

❾ 涕泗流：眼淚曰涕，鼻涕曰泗。指老淚縱橫。張載《擬四愁詩》：「登崖遠望涕泗流。」

背景

　　岳陽樓，唐岳州巴陵縣城西門樓，相傳原為三國吳時魯肅在洞庭湖操練水軍的閱兵台。唐玄宗開元四年（公元 716 年），中書令張說謫守岳州，遂在閱兵台舊址建樓，常邀文人學士登樓賦詩，名始流傳海內。但張說詩中仍稱「西樓」，尚無岳陽樓之名，孟浩然詩也只說「波撼岳陽城」，至李白、杜甫，始以「岳陽樓」為題。岳陽樓今為湖南岳陽市西門城樓，瀕臨洞庭湖。

　　杜甫在大曆三年（公元 768 年）歲暮，登樓而作此詩。這一年，杜甫完全是在長江上的一葉孤舟中度過的，年老多病，不堪顛簸。登上岳陽樓，放眼八百里洞庭，自是感慨萬千，不能自已。此詩可貴之處，即景中有人在，詩中有人在，更有「格」在。這所謂

「格」，正是杜甫憂國憂民的博大情懷。被後世讚為「氣壓百代，為五言雄渾之絕」（劉辰翁）的「千古絕唱」（王士禎）。

岳陽樓　是長江黃金旅遊線上湖南境內的唯一景點，是岳陽旅遊業的龍頭。岳陽樓聳立在湖南省岳陽市西門城頭、洞庭湖畔，自古有「洞庭天下水，岳陽天下樓」之美譽，與湖北武漢的黃鶴樓、江西南昌的滕王閣並稱為江南三大名樓，並且是三大名樓中唯一一個保持木質架構的古樓。岳陽樓的樓頂為層疊相襯的「如意鬥拱」托舉而成的盔頂式，這種拱而複翹的古代將軍頭盔式的頂式結構在中國古代建築史上是獨一無二的。據考證，岳陽樓是中國僅存的盔頂結構的古建築。開元四年（公元716年），張說貶官岳陽後，常與文人遷客登樓賦詩，以後還有李白、杜甫、李商隱等大詩人接踵而來，寫下了成百上千篇佳作。岳陽樓保存的歷代文物，當推詩仙李白對聯「水天一色，風月無邊」最為著名，其次要數清書法家張照書寫的《岳陽樓記》雕屏。雕屏由12塊巨大紫檀木拼成，文章、書法、刻工、木料全屬珍品，人稱「四絕」。此外，人們把范仲淹作記，滕子京重修岳陽樓，大書法家蘇舜欽書寫的《岳陽樓記》和邵竦篆刻並稱為「天下四絕」，並豎立了「四絕碑」，至今保存完好。

望洞庭湖贈張丞相

八月湖水平，涵虛混太清。

氣蒸雲夢澤，波撼岳陽城。

欲濟無舟楫，端居恥聖明。

坐觀垂釣者，徒有羨魚情。

孟浩然

❶ 平：指湖水漲滿而與岸齊。
❷ 虛：元虛，指構成天地萬物的元氣。
❸ 太清：天空。
❹ 氣蒸：一作「氣吞」，水汽蒸騰。
❺ 雲夢澤：古澤藪名。一說本二澤；一說雲夢實為一澤。其遺址約
　　在今湖南益陽、湘陰以北，湖北江陵、安陸以南，武漢市以西地
　　區，洞庭湖即在其內。
❻ 濟：渡。
❼ 端居：猶獨處、閑居，此指隱居。
❽ 聖明：猶言太平盛世。
❾ 坐：因，乃。
❿ 垂釣者：喻出仕者。

背景

　　孟浩然（公元689～740年），名浩，字浩然，襄州襄陽（現湖
北襄陽）人，世稱孟襄陽，曾隱居鹿門山。開元十六年（公元728
年），至長安應試，落第回鄉。開元十七年至二十年（公元729～
732年），漫遊吳越等地。二十五年（公元737年），張九齡鎮荊
州，署為從事，不久即辭歸養病。二十八年（公元740年），友人
王昌齡自嶺南赦還，相見歡欣，食鮮疾發而卒，年五十二。孟浩然
可謂一生布衣，過的雖是隱居和漫遊生活，但並未忘情仕途。他
和王維同為盛唐山水田園詩派的代表作家，並稱「王孟」。現存詩
二百六十餘首，有《孟浩然集》傳世。

　　詩題一作《望洞庭湖贈張丞相》，又作《臨洞庭》。張丞相，指
張九齡。張九齡曾拜相，開元二十五年（公元737年）四月，以尚
書右丞相貶荊州長史。是年秋，孟浩然遊洞庭湖，作詩贈張九齡以
吐心曲。一說張丞相為張說，張說開元四年由中書令貶為岳州刺史。

旅遊看點

洞庭湖　古稱雲夢，是中國第二大淡水湖，位於湖南省北部，長江中游的荊江河段以南。在古代，曾號稱「八百里洞庭」，水域遼闊。洞庭湖面積 2820 平方公里，洞庭湖南納湘、資、沅、澧四水匯入，北與長江相連，通過松滋、太平、藕池，調弦（1958 年已封堵）「四口」吞納長江洪水，湖水由東面岳陽的城陵磯附近注入長江，為長江最重要的調蓄湖泊，由於泥沙淤塞、圍墾造田，洞庭湖現已分割為東洞庭湖、南洞庭湖、目平湖和七里湖等部分。洞庭湖是長江流域重要的調蓄湖泊，具有強大的蓄洪能力，曾使長江無數次的洪患化險為夷。洞庭湖是歷史上重要的戰略要地、中國傳統文化發源地，湖區名勝繁多，以岳陽樓為代表的歷史勝跡是重要的旅遊文化資源，也是中國傳統農業發祥地，是著名的魚米之鄉。

逢雪宿芙蓉山主人

日暮蒼山遠❶，
天寒白屋貧❷。
柴門聞犬吠❸，
風雪夜歸人。

劉長卿

❶ 蒼山：青山。

❷ 白屋：貧家的住所。房頂用白茅覆蓋，或木材不加油漆叫白屋。

❸ 犬吠：狗叫。

　　大約在唐代宗大曆八年（公元 773 年）至十二年（公元 777 年）間的一個秋天，劉長卿受鄂岳觀察使吳仲孺的誣陷獲罪，貶為睦州司馬，後遷隨州刺史，閑時四處遊覽名山大川，此詩便是他冬天遊當時名氣比較大的芙蓉山而作。

芙蓉山　古稱青羊山，位於今湖南寧鄉縣與安化縣的邊境。這裏曾經居住着三苗部落，他們是中華民族的三大始祖之一 —— 蚩尤的後代。青羊山是三苗部落的聖山，他們曾在這座山上祭拜天地。已經出土的震驚世界的商代青銅器 —— 四羊方尊，就是在青羊山挖掘出來的。另一件稀世珍寶象紋大銅鐃也是在此地出土的。芙蓉山人煙較為稀少，但野生動植物資源很豐富。東面緊鄰長沙溈山風景區。站在芙蓉山上，白天可望見洞庭湖上的遊船，傍晚還能看見長沙的滿城燈火。一代領袖毛澤東曾經在此地觀光遊覽。此外，在芙蓉山上有一座歷史悠久的廣化寺，是唐元和年間志和禪師創建的。現芙蓉山上的普濟寺為明朝時修建。

題三閭大夫廟

沅湘流不盡①，
屈子怨何深②。
日暮秋風起③，
蕭蕭楓樹林④。

戴叔倫

一一二

注釋

① 沅（yuán）湘：指沅江和湘江，沅江、湘江是湖南的兩條主要河流。

② 屈子：指屈原。句意是屈原的怨恨好似沅江湘江深沉的河水一樣。

③ 何深：多麼深。此處化用屈原的《九歌》《招魂》中的詩句：「嫋嫋兮秋風，洞庭波兮木葉下」「湛湛江水兮上有楓，目極千里兮傷春心。魂兮歸來哀江南！」

④ 蕭蕭：風吹樹木發出的響聲。

背景

　　戴叔倫（公元732～789年），字幼公，一字次公。一說名融，字叔倫。潤州金壇（今屬江蘇）人。年少時師從蕭穎士，博聞強記，聰慧過人。大曆元年（公元766年），在劉晏手下任職，後任涪州督賦、撫州刺史，以及容州刺史，加御史中丞，官至容管經略使。在任期間政績卓著。貞元五年（公元789年），上表辭官歸隱，客死返鄉途中。今存詩近三百首，《全唐詩》錄其詩二卷。

　　詩題一作《過三閭廟》。三閭（lǚ）廟，即屈原廟，因屈原曾任三閭大夫而得名，是奉祀春秋時楚國三閭大夫屈原的廟宇，根據《清一統志》記載，廟在長沙府湘陰縣北六十里（今汨羅市境內）。詩人於大曆中在湖南做官期間，經過此地時，睹物思人，於是寫下了這首憑吊詩。

屈子祠　亦稱屈原廟，現闢為屈原紀念館，位於湖南省汨羅城西北玉笥山頂。始建於漢代，原址無考。清乾隆二十一年（公元 1756 年），將屈子祠移建至玉笥山上，佔地 7.8 畝。自山腳至祠有石級 119 級。此祠為三進青磚結構。祠正門牌樓牆上有 13 幅屈原生平業績和對理想追求的寫照的浮雕。1978 年建葛洲壩水利樞紐時，將它遷至今址，且按原貌重建。屈子祠依山面江，景色秀美。由此地南眺，大江南岸諸峯歷歷在目。每逢端午佳節，這裏都舉辦龍舟競渡。汨羅江上彩舟如梭，岸上遊人如織，熱鬧異常。2005 年，「汨羅江畔端午習俗」進入了第一批國家級非物質文化遺產保護名錄。2009 年 9 月 30 日，被列入聯合國《人類非物質文化遺產代表作名錄》。

渡 荊 門 送 別

渡遠荊門外，來從楚國遊①。
山隨平野盡②，江入大荒流③。
月下飛天鏡④，雲生結海樓⑤。
仍憐故鄉水⑥，萬里送行舟⑦。

李白

❶ 從：作。

❷ 楚國：李白出峽東遊，舟經楚地，故曰「楚國遊」。

❸ 大荒：遼闊的原野，與上句「平野」互文。

❹ 天鏡：指水中明月之影。

❺ 海樓：海市蜃樓。

❻ 憐：愛。

❼ 故鄉水：長江之水由故鄉蜀中流來，故云。《荊門浮舟望蜀江》
云：「正是桃花流，依然錦江色。」亦是此意。

背
景

　　此詩為開元十三年（公元 725 年）李白初出峽時過荊門而作。
李白一生好做江山遊，這次「仗劍去國，辭親遠遊」（《上安州裴長
史書》），原是胸懷大志，要到外面的大世界做一番大事業的。年輕
氣盛、雄心勃勃的詩人第一次離開故鄉，乘舟出峽，看到峽外如此
壯闊雄奇的景象，自然感到新奇，興奮不已。但李白久居蜀中，乍
離鄉遠遊，難免產生眷戀之情，所以詩歌最後一句「仍憐故鄉水，
萬里送行舟」點明題中「送別」之意。

　　荊門，山名，在今湖北宜昌市東南長江南岸，與虎牙山隔江相
對，為楚之西塞，因山形似門，又在楚（楚亦稱荊）地，故名。相
傳在遠古時代，由巫山神女峯飛來一頭雄獅，由安徽的黃山飛來一
隻猛虎，牠們為爭奪山水，齜牙相鬥，被夏禹發現，拋出一根鐵鏈
把牠們鎖住，從此，獅虎各踞南北，故俗稱「青獅對白虎」。

旅遊看點

荊門山 位於湖北宜昌紅花套鎮北端。山體南北長 3 公里，東西寬 2 公里，方圓約 6 公里。主峯海拔 139.2 米。此山與對岸虎牙山隔江相望，形成一道長江出三峽入江漢平原的門闕，江岸峭壁千尋，崢嶸突兀，狀如虎齒，是歷代兵家常爭之地，有「楚之西塞」之稱。荊門山共有 12 峯，歷代素稱「十二碚」。荊門山是古代文人墨客在三峽地區留下詩作最多的地點之一，因李白這首《渡荊門送別》而家喻戶曉。

明顯陵 位於湖北鍾祥市城東北 7.5 公里的純德山，是明世宗嘉靖皇帝的父親恭睿獻皇帝朱祐杬、母親章聖皇太后的合葬墓。1988 年元月被國務院公佈為全國重點文物保護單位，2000 年 11 月 30 日被聯合國教科文組織批准列入《世界遺產名錄》，2008 年 4 月，明顯陵被國家旅遊局批准為 4A 級旅遊景區。明顯陵，始建於明正德十四年（公元 1519 年），迄於明嘉靖三十八年（公元 1559 年），歷時四十年建成。明顯陵圍陵面積 183.13 公頃，整個陵園雙城封建，其外羅城周長 3600 餘米，紅牆黃瓦，金碧輝煌，蜿蜒起伏於重巒疊嶂之中。此陵由 30 餘處規模宏大的建築羣組成，依山間台地漸次佈列有純德山碑、敕諭碑、外明塘、下馬碑、新紅門、舊紅門、御碑樓、望柱、石象生、欞星門、九曲御河、內明塘、祾恩門、陵寢門、雙柱門、方城、明樓、前後寶城等，疏密得當，錯落有致，尊卑有序，建築掩映於山環水抱之中，相互映襯，如同「天造地設」，是建築藝術與環境美學相結合的天才傑作。明顯陵是明嘉靖初期重大歷史事件「大禮議」的產物，規劃佈局和建築手法獨特，在明代帝陵規制中具有承上啟下的作用。其陵寢建築中金瓶形的外羅城、九曲回環的御河、龍鱗神道、瓊花雙龍琉璃影壁和內外明塘等都是明陵中僅見的孤例，尤其是「一陵兩塚」的陵寢結構為歷代

帝王陵墓中絕無僅有。由瑤台相連而成的啞鈴狀的兩座地下玄宮神秘莫測，一直為世人稱奇。明顯陵原始建築和環境風貌保存完好，建築規模宏大，陵寢結構獨特，文化內涵豐厚，堪稱中國帝陵建築的精品。

詠懷古蹟五首（其三）

羣山萬壑赴荊門，生長明妃尚有村。

一去紫台連朔漠，獨留青塚向黃昏。

畫圖省識春風面，環佩空歸月夜魂。

千載琵琶作胡語，分明怨恨曲中論。

杜甫

❶ 荊門：山名，在今湖北省宜昌市東南長江南岸。
❷ 明妃：即王昭君，名嬙，漢元帝時宮人，遠嫁匈奴呼韓邪單于。晉人避司馬昭諱，改昭君為明君，故曰「明妃」。
❸ 紫台：即紫宮，天子所居。此指漢宮。
❹ 朔漠：北方沙漠之地，此指匈奴。
❺ 青塚：王昭君墓，在今內蒙古自治區呼和浩特市南。
❻ 畫圖：《西京雜記》卷二：「元帝後宮既多，不得常見，乃使畫工圖形，按圖召幸之，諸宮人皆賂畫工，多者十萬，少者亦不減五萬。獨王嬙不肯，遂不得見。匈奴入朝，求美人為閼氏，於是上案圖以昭君行。及去，召見，貌為後宮第一，善應對，舉止嫻雅。帝悔之，而名籍已定，帝重信於國外，故不復更人。」
❼ 省識：猶不識，與下「空」字對文。按圖召幸，自不識得真面目。
❽ 春風面：美麗面容。
❾ 空歸：魂歸而身不得歸，故云「空歸」。
❿ 胡語：胡音。曲：指琴曲《昭君怨》。相傳王昭君遠嫁匈奴，心中不樂，乃作《怨曠思惟歌》，後人名為《昭君怨》。實不可信，當係後人偽託。二句意為千載以後，人們還分明從琵琶所奏的《昭君怨》一類歌曲中，聽到王昭君在訴說她那無窮的怨恨。吳師道《昭君出塞圖》：「琵琶馬上無窮盡，最恨當年誤入宮。」

　　此組詩（五首）為大曆元年（公元 766 年）杜甫寓居夔州（今重慶奉節）時作。詩藉詠古蹟以抒己懷，故題曰《詠懷古蹟》，並非專詠古蹟。五詩各自成篇，每篇各詠一人。第一首詠庾信，第二首詠宋玉，第三首詠王昭君，第四首詠劉備，第五首詠諸葛亮。

　　王昭君是中國古代四大美女之一。她是美的化身，是和平的使

者、民族團結的象徵，其歷史功績和社會評價位列四大美女之首。據記載：漢元帝為安撫北匈奴，同意昭君與單于結成姻緣，以保兩國永遠和好。在一個秋高氣爽的日子裏，昭君攜着琵琶，隨着垂老的呼韓邪單于，走在黃沙漫天的塞外，昭君告別故土，登程北漠。一路黃沙滾滾、馬嘶雁鳴，撕裂着她的心；悲切之感，使她心緒難平。她在坐騎之上，撥動琴弦，奏起一首悲壯離別之曲 ——《出塞》。南飛的大雁聽到這淒婉悅耳的琴聲，望着騎在馬上的驚豔女子，忘記擺動翅膀，紛紛跌落於平沙之上。從此，「平沙落雁」成為千古絕唱。

旅遊看點

昭君村　在今湖北興山縣南妃台山下，唐屬歸州。村中有粉黛林、佳麗島、浣紗處、彩石灘等 20 多處景點。

宜昌　古稱夷陵，位於湖北的西南部，長江上游和中游的分界處。宜昌以「三國故地」而著稱，在古典名著《三國演義》中，有三十六個故事都發生在這裏，如火燒連營七百里、趙子龍大戰長阪坡、張飛橫矛當陽橋、關羽敗走麥城等，歷史遺跡和故事俯拾皆是。宜昌依長江而建，是三峽大壩、葛洲壩等國家重要戰略設施的所在地，被譽為「世界水電之都」。神祕的神農架風景區就在宜昌附近。被譽為「世界四大文化名人」之一的屈原、被稱為「中國古代四大美女」之一的王昭君，都出生在古宜昌境內。

（八）

漢 江 臨 眺

楚塞三湘接❶，荆門九派通❷。
江流天地外❸，山色有無中。
郡邑浮前浦❹，波瀾動遠空。
襄陽好風日❺，留醉與山翁❻。

王
維

❶ 楚塞：指楚國地界。

❷ 三湘：說法不一，或謂湘潭、湘鄉、湘陰（或湘源），或指瀟湘、
蒸湘、沅湘，或指瀟湘、資湘、沅湘，多泛指今洞庭湖南北、湘
江流域一帶。

❸ 九派：九條支流，郭璞《江賦》：「流九派乎潯陽。」

❹ 郡邑：指沿江的城市都邑。

❺ 好風日：好風光。

❻ 山翁：指山簡。據《晉書・山簡傳》：「簡鎮襄陽，優遊卒歲，
唯酒是耽。豪族習氏有佳園池，簡每出嬉遊，多之池上，置酒輒
醉，名之曰高陽池。」

題一作《漢江臨泛》，漢江，即漢水，發源於陝西嶓塚山，流經
湖北，至武漢市漢陽入長江，為長江最大支流。

此詩為開元二十八年（公元 740 年）十月，王維以殿中侍御史
知南選，途經襄陽（今屬湖北）時作。

襄陽　位於湖北省西北部，漢江中游平原腹地，是湖北省地級市，省域副中心城市，國家歷史文化名城，楚文化、漢文化、三國文化的主要發源地，已有 2800 多年建制歷史，歷代為經濟軍事要地。素有「華夏第一城池」「鐵打的襄陽」「兵家必爭之地」之稱。

隆中　也稱古隆中，是湖北十佳景區，是襄陽市最負盛名的旅遊景點，距襄陽城西約 20 里。「山不高而秀雅；水不深而澄清；地不廣而平坦；林不大而茂盛；鶴相親，松篁交翠」，這是羅貫中在《三國演義》中對隆中的描述。古隆中至今已有 1800 年歷史，是被世人譽為夏、商、周以後第一人傑 —— 諸葛亮在公元 197 至 207 年躬耕隱居的地方。因諸葛亮「躬耕隴畝」、劉備「三顧茅廬」引發《隆中對策》，被世人稱為智者搖籃，三分天下的策源地。這裏保留了他學習、交友、生活的許多遺跡，明代就已形成「隆中十景」。

與諸子登峴山

人事有代謝，往來成古今①。

江山留勝跡，我輩復登臨②。

水落魚梁淺③，天寒夢澤深④。

羊公碑尚在⑤，讀罷淚沾襟。

孟浩然

❶ 代謝：新陳交替變化。

❷ 勝跡：名勝古蹟，即指羊公碑。

❸ 魚梁：洲名。《水經注・沔水》：「沔水中有魚梁洲，龐德公所居。」沔水：即漢水。

❹ 夢澤：即雲夢澤。

❺ 公羊碑：晉羊祜鎮襄陽，頗受百姓愛戴，祜死，襄陽人在峴山為之立碑紀念。《晉書・羊祜傳》：「祜樂山水，每風景，必造峴山，置酒言詠，終日不倦。嘗慨然歎息，顧謂從事中郎鄒湛等曰：『自有宇宙，便有此山。由來賢達勝士，登此遠望，如我與卿者多矣！皆湮滅無聞，使人悲傷。如百歲後有知，魂魄猶應登此也。』湛曰：『公德冠四海，道嗣前哲，令聞令望，必與此山俱傳。』」羊祜卒後，「襄陽百姓於峴山祜平生遊憩之所建碑立廟，歲時饗祭焉。望其碑者莫不流涕，杜預因名曰『墮淚碑』」。

　　詩題一作《與諸子登峴首》。峴山，又名峴首山，在今湖北襄陽市南。《元和郡縣圖志・山南道・襄州》：「峴山，在（襄陽）縣東南九里。山東臨漢水，古今大路。」諸子，指一同登山的諸位朋友。子，古代對男子的敬稱。

　　此詩為作者隱居襄陽時，與友人登峴山而作。此詩藉登臨而發弔古傷今之思，寫來全不費力，語淡情深，意趣清遠，頗含哲理，耐人尋味。

旅遊看點

峴山　緊鄰湖北省襄陽市中心城區，由羊祜山、虎頭山、琵琶山、真武山、鳳凰山等多個山體組成。東起漢江，西至新 207 國道，北至環山路，南至余家湖，總面積約 65 平方公里。峴山資源豐富，林木茂密、歷史遺跡眾多，具有很高的生態文化旅遊價值，峴山森林公園為國家森林公園、國家 4A 級旅遊景區。

魚梁洲　位於漢江中游襄陽市區河段，在漢江公路鐵路大橋下游 2.5 公里處，處在襄陽、襄城、樊城的環抱之中，素有「漢江明珠」之美譽，它三面環水、水質優良，四周的靜態水面達 30 多平方公里，是漢江中的第一大島。據《襄陽府志》載：「魚梁、亦槎頭，在峴津上水落時洲人攝竹木為梁，以捕魚。」故取魚梁洲之名，此洲歷經變遷，曾有許多不同的稱呼。唐代著名詩人孟浩然不但在魚梁洲上「踏雪尋梅樂逍遙」，還在其詩《夜歸鹿門山歌》中描述了「魚梁渡頭爭渡喧」的景象。在《與諸子登峴山》中感慨道：「水落魚梁淺，天寒夢澤深。」唐代另一位詩人皇甫冉在《雜言月洲歌送趙洌還襄陽》中亦讚歎魚梁洲（月洲）有「漢之廣兮中有洲，洲如月兮水環流」的得天獨厚的地理環境。著名詩人、文學家張九齡、王維、王昌齡、皮日休等人的足跡遍及魚梁洲。宋咸淳四年（公元 1268 年），忽必烈派兵攻打襄陽，知道襄陽易守難攻，就圍而不攻，控制水陸交通，斷糧草，阻援兵。咸淳六年（公元 1270 年）至八年（公元 1272 年），元軍在樊城迎旭門外漢水中魚梁洲上築實心台，訓水軍 7 萬，造戰船 5000 艘，與宋軍鏖戰爭雄五年之久。

西塞山懷古

王濬樓船下益州①，金陵王氣黯然收②。
千尋鐵鎖沉江底④，一片降幡出石頭⑤。
人世幾回傷往事⑦，山形依舊枕寒流⑧。
今逢四海為家日⑩，故壘蕭蕭蘆荻秋⑨。

劉禹錫

注釋

❶ 樓船：高大的戰船。

❷ 益州：即今四川成都。

❸ 金陵：即今江蘇南京，時稱建業，為東吳國都。

❹ 尋：古以八尺（一說七尺）為一尋。東吳末帝命人在江中軋鐵錐，又用大鐵索橫於江面，攔截晉船，終失敗。

❺ 降幡：降旗。

❻ 石頭：城名，亦名石首城，又名石城。故址在今南京市石頭山後，南北全長約三千米，為攻守金陵必爭之地。

❼ 往事：兼指吳、東晉、宋、齊、梁、陳六朝迭相亡國的史事，因六朝都建都金陵。

❽ 山形：指西塞山。

❾ 寒流：指長江。

❿ 四海為家：意即國家統一。《史記・高祖本紀》：「天子以四海為家。」

背景

　　西塞山，又名道士洑磯，磯頭山，在今湖北黃石市東長江邊上，橫江一面，危峯突兀，截流激漩，既險且峻，狀若關塞。三國吳設江防於此。晉太康元年（公元 280 年），王濬率晉軍艦隊，自蜀東下滅吳，在此用烈火燒熔東吳橫江鐵索，乘勝直取金陵，統一天下。此詩即詠這段史事。

　　劉禹錫在長慶四年（公元 824 年）由夔州（今重慶奉節）刺史，調任和州（今安徽和縣）刺史，沿江東下，途經西塞山，感而賦詩。

西塞山 位於黃石市東部，三面環江，唯有一脈山梁與千里楚山相接，素有長江中下游門戶之稱。西塞山壁立江心，橫山鎖水，危峯突兀，雄奇磅礴，易守能攻，為長江第一要塞。自東漢年間到新中國成立前夕，百餘次較大規模的戰爭在這裏發生。著名的戰例有：「孫策攻黃祖」「周瑜破曹操」「劉裕走恆元」「李自成大戰清軍」「鐵索橫江」等。主要遊覽景點有北望亭、雙觀亭、桃花亭、牡丹亭、畫廊、元真子釣魚台、桃花古洞、三國古棧道、龍窟寺等。

黃石 位於湖北省東南部，長江中游南岸，東北臨長江。黃石是華夏青銅文化的發祥地之一，也是近代中國民族工業的搖籃，境內有武九鐵路貫穿，並有大廣、滬渝、福銀、杭瑞四條高速公路交會，還擁有國家一類水運口岸。境內有以「三山三湖」為代表的集眾多自然景觀和人文歷史於一體的風景名勝。

宣州謝朓樓餞別校書叔雲

棄我去者，昨日之日不可留。

亂我心者，今日之日多煩憂。

長風萬里送秋雁，對此可以酣高樓①。

蓬萊文章建安骨③，中間小謝又清發⑤。

俱懷逸興壯思飛⑦，欲上青天攬明月。

抽刀斷水水更流，舉杯銷愁愁更愁。

人生在世不稱意，明朝散髮弄扁舟⑧。

李

白

❶ 酣高樓：在謝朓樓酣飲。

❷ 蓬萊：代指東漢洛陽皇家藏書和著書處東觀。《後漢書·竇章傳》：「是時學者稱東觀為老氏藏室、道家蓬萊山。」

❸ 建安骨：即建安風骨，指建安時期以曹操、曹丕、曹植父子和建安七子為代表的詩文風格。

❹ 小謝：指謝朓，因後於謝靈運，故稱小謝以別之。

❺ 清發：清新俊發。此以小謝自比。

❻ 逸興：清逸脫俗的興致。王勃《滕王閣序》：「遙吟俯暢，逸興遄飛。」

❼ 壯思：疾思，指才思敏捷。謝朓《七夕賦》：「君王壯思風飛，沖情雲上。」

❽ 散髮弄扁舟：指絕世隱居。

背景

　　此詩為天寶十二年（公元 753 年）秋李白登宣州謝朓樓餞別秘書省校書郎李雲而作。宣州，今屬安徽。謝朓樓，為南朝齊著名詩人謝朓任宣州太守時所建，又稱謝公樓、謝朓北樓。李白有《秋登宣城謝朓北樓》詩。

　　詩題一作《陪侍御叔華登樓歌》。華，指李華，字遐叔。天寶十一載（公元 752 年）遷監察御史，累轉侍御史。李華為著名散文家，與蕭穎士齊名，世稱「蕭李」。

旅遊看點

宣州　今宣城，簡稱宣，古稱宛陵，地處安徽省東南部，東臨杭州，南倚黃山，西和西北與池州、蕪湖毗鄰。宣城是中國歷史文化名城、文房四寶之鄉、國家園林城市、江南魚米之鄉，文化底蘊深厚。自西漢設郡以來，距今已有 2000 多年的歷史。有桃花潭、敬亭山、太極洞、龍川古村等著名景點。宣城還有世界聞名的宣紙和宣筆。

謝朓樓　與岳陽樓、黃鶴樓、滕王閣並稱為江南四大名樓。位於宣州市區，係南齊著名詩人謝朓任宣城太守時所建。謝朓於南齊明帝建武年間（公元 494～496 年）出任宣城太守，於城關陵陽山頂建造一室取名曰「高齋」，在任期間理事、生活於此。曾作《高齋視事》詩，又作《高齋閑望》《後齋回望》等詩篇。唐初，宣城人為懷念謝朓，於「高齋」舊址，新建一樓，因樓位於郡治之北，取名「北樓」，又因該樓建成時，敬亭山已經揚名，登樓可眺望敬亭山，故又稱為「北望樓」。唐代李白曾多次來宣城，登此樓憑弔，賦詩抒懷。李白的另一首詩《秋登宣城謝朓北樓》也膾炙人口，千古傳唱。由於李白之詩廣為傳頌，故該樓又被為「謝公樓」「謝朓樓」。歷代文人名士慕名而來，登樓觀賞者絡繹不絕，賦詩題詠者難以計數。唐代白居易曾隨長兄寓居宣城並作有《窗中列遠岫》一詩，抒發登此樓的觀感。該詩被當時的宣歙觀察使所知，大為讚賞，並舉薦其赴京應試，得中為第四名進士，從而步入仕途。直至他晚年還作有《寄題郡齋》詩曰：「……無復新詩題壁上，虛教遠岫列窗間。再喜宣城章句動，飛觴遙賀敬亭山。」該樓多次修建，樓基周圍有歷代詩文碑刻和修樓碑記。抗日戰爭時期該樓被日機炸毀。現已復建如初，重現昔日風采。

題宣州開元寺

南朝謝朓城，東吳最深處①。②③

亡國去如鴻，遺寺藏煙塢。④⑤

樓飛九十尺，廊環四百柱。

高高下下中，風繞松桂樹。

青苔照朱閣，白鳥兩相語。

溪聲入僧夢，月色暉粉堵。⑥⑦

閱景無旦夕，憑闌有今古。

留我酒一樽，前山看春雨。

杜牧

注釋

① 南朝：東晉以後，建都金陵的宋、齊、梁、陳四個朝代的通稱。

② 謝朓城：為南朝齊的詩人謝朓曾任太守的城市，在宣城外陵陽山上建有一座樓，人稱謝朓樓，也稱北樓。

③ 東吳：三國時期的吳因地處江東，故稱江南一帶為東吳。

④ 亡國：指東晉與南朝相繼滅亡。

⑤ 塢：四面高而中間凹下的地方。

⑥ 溪聲：此處指宛溪水流聲。宛溪即宣州東溪，源出東南嶧山，流繞城東，開元寺即在該溪邊。

⑦ 粉堵：粉牆。

背景

　　此詩寫於開元三年（公元 838 年）春，當時杜牧任宣州（今安徽宣城）團練判官。詩人遊覽開元寺，有感而作。

宣州開元寺　本名永樂寺，建於東晉時代。唐玄宗開元二十六年（公元 851 年）詔天下諸州各建一寺，以紀年為名，稱開元寺。開元塔位於宣城市區開元寺遺址陵陽山第三峯，初名永塔。塔名隨寺名而改，唐稱開元寺塔，宋稱景德寺塔，亦稱多寶塔，清稱永寧塔。明著名戲劇家湯顯祖寓宣時，曾作《開元寺浮屠》一詩。詩云：「坐對芙蓉塔，延觀柏棍雲。青霞城北湧，翠潋水西分。巔樹疑嵐濕，巖花入暝薰。風鈴流梵響，玉漏自聞聲。」開元塔影倒映句溪河，形成「句溪塔影」，為宣城勝景之一。清時劉方藹有《句溪塔影》詩：「中漏江城塔，波痕回不迷，倒懸如水立，光刺與天齊。梯浪分層級，攀鱗儼上躋。漫誇東海市，清白瑩靈犀。」開元塔經歷代多次重修，塔形及其結構都有較大變化，唯有塔頂三截插瓶護環上盤掛的粗鐵鏈，自北宋以來一直保持着原樣。

宿五松山下荀媼家

李白

我宿五松下，寂寥無所歡。

田家秋作苦[1]，鄰女夜舂寒[2]。

跪進雕胡飯[3]，月光明素盤[4]。

令人慚漂母[5]，三謝不能餐。

❶ 秋作：秋收勞動。

❷ 跪進：古人席地而坐，上半身挺直，坐在足跟上。

❸ 雕胡飯：即菰米飯。雕胡指「菰」，俗稱茭白，生在水中，秋天結實，叫菰米，可以做飯，古人把它當作美餐。

❹ 漂母：在水邊漂洗絲絮的婦人。《史記．淮陰侯列傳》載：漢時韓信少時窮困，在淮陰城下釣魚，一洗衣老婦見他飢餓，便給他飯吃。後來韓信助劉邦平定天下，功高封楚王，以千金報答漂母。這裏以漂母比荀媼。

❺ 三謝：多次推託。

　　此詩題下原注：宣州。五松山，在今安徽銅陵南。此詩為唐肅宗上元二年（公元 761 年），李白往來於宣城、歷陽之間時的作品。詩是李白遊五松山時，借宿在一位貧苦婦女荀媼家，受到殷勤款待，親眼看到了農家的辛勞和貧苦，有感而作。此詩訴說了勞動的艱難，傾訴了自己的感激和慚愧之情。

　　據專家考證，李白一生中曾三次遊歷銅陵，留下吟詠銅陵及與銅陵有關的詩作達十三首，其中八首涉及五松山。

旅遊看點

五松山　位於安徽銅陵。依江而立，絕頂處原有古松，據《輿地紀勝》載「山舊有松，一本五枝，蒼鱗老幹，黛色參天」，故名「五松山」。明萬曆《銅陵縣志》記載：五松山，銅陵縣東南四里，東臨天井湖，西臨玉帶河，背後與銅官山相眺。躍然登臨，見長江蜿蜒，環顧四周，羣巒逶迤。李白曾三次登五松山，在此漫遊和寓居，美麗風光使之流連忘返。

夜泊牛渚懷古

牛渚西江夜❶，青天無片雲，

登舟望秋月❷，空憶謝將軍❸。

余亦能高詠❹，斯人不可聞。

明朝掛帆去❺，楓葉落紛紛。

李　白

注釋

❶ 西江：西來大江，此指長江。

❷ 登舟：步出船艙望月。

❸ 謝將軍：指謝尚。

❹ 斯人：指謝尚。

❺ 去：一作「席」。

背景

　　此詩作地明確，而作年難以確考。牛渚，即牛渚磯，又稱牛渚
圻。《元和郡縣圖志·江南道四·宣州》：「牛渚山，在（當塗）縣北
三十五里。山突出江中，謂之牛渚圻，津渡處也。」牛渚山，今名
翠螺山，在安徽馬鞍山市西南七公里。牛渚磯，傳說中古時候有金
牛出渚，因以得名。又因此處產五彩石，三國吳時改名采石磯。唐
貞觀初，於山上置采石戍。今馬鞍山市采石磯公園，即其地。

　　詩題下原注：「此地即謝尚聞袁宏詠史處。」東晉鎮西將軍謝
尚，曾鎮牛渚。袁宏，小字虎，字顏伯，有逸才。據《世說新語·
文學》載：「袁虎少貧，嘗為人傭載運租。謝鎮西經船行，其夜清風
朗月，聞江渚間賈客船上有詠詩聲，甚有情致，所誦五言，又其所
未嘗聞，歎美不能已，即遣委曲訊問，乃是袁自詠其所作詠史詩，
因此相要，大相賞得。」袁宏得到謝尚的讚譽，從此聲名漸大，官
至東陽太守。題中「懷古」，就是指這件事。

采石磯 　即牛渚磯，位於安徽省馬鞍山市的長江南岸，南接著名米鄉蕪湖，北連六朝古都南京。與南京燕子磯、岳陽城陵磯並稱「長江三大名磯」。以山勢險峻，風光綺麗，古蹟眾多而列三磯之首，素有「千古一秀」之美譽。采石磯突兀江中，絕壁臨空，扼據大江要衝，水流湍急，地勢險要，自古為兵家必爭之地，亦是江南名勝。古往今來，它吸引着許多文人名士，像白居易、王安石、蘇東坡、陸游、文天祥等都曾來此題詩詠唱，特別是唐代詩人李白，多次來采石磯遊覽，留下了許多有名的詩篇。2003 年，采石磯被評為國家 4A 級旅遊景區。

太白樓 　面臨長江，背連翠螺，濃蔭簇擁，是一座雄偉壯觀的古建築。它與湖南岳陽的岳陽樓、湖北武昌的黃鶴樓、江西南昌的滕王閣，合稱為江南著名的「三樓一閣」。它初建於唐元和年間（公元806～820 年），原名謫仙樓，距今已有 1100 餘年歷史。清雍正八年（公元 1730 年）重建，改名為「太白樓」。太白樓西側是廣濟寺。廣濟寺西首有蛾眉亭，亭建於北宋，已有 900 多年歷史。亭內有數方珍貴的古碑。蛾眉亭據險而臨深，憑高而望遠，景色秀麗。亭左前方臨江之處，有一塊平坦巨石為聯壁台，此石嵌在蔥鬱陡峭的絕壁上，伸向江中，險峻異常。民間傳說詩人李白是在這裏跳江捉月，騎鯨上天的，故又稱捉月台或捨身崖。

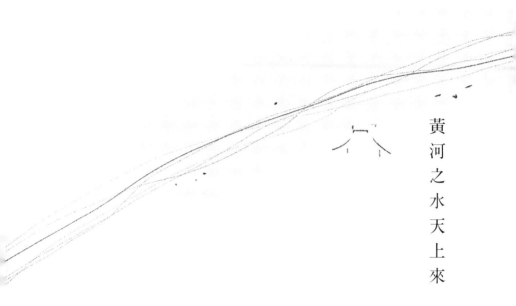

第 四 章

黃河之水天上來

黃河是中華民族的母親河，幾千年的華夏文明在這裏啟航。自秦至宋，黃河沿岸一直是政治與文化的中心。古都長安、東都洛陽、太行雄關、齊魯儒風，唐朝的詩人們在這充滿傳統文化氣息的黃河沿岸或尋儒求仕，或尋仙問道。他們的腳步踏遍了這裏的山山水水，自然而然，他們也用美好的詩篇傳誦着對這片土地的深情厚誼。直至今日，人們依然能從他們的詩歌中感受到中原大地曾經的輝煌，也依然對這片充滿厚重歷史文化內涵的地方帶有無盡的渴望。

（一）

馬嵬二首

（其一）

冀馬燕犀動地來❶，自埋紅粉自成灰。

君王若道能傾國，玉輦何由過馬嵬。

（其二）

海外徒聞更九州❷❸，他生未卜此生休。

空聞虎旅傳宵柝❹，無復雞人報曉籌❺❻。

此日六軍同駐馬❼，當時七夕笑牽牛。

如何四紀為天子❽，不及盧家有莫愁❾。

李商隱

注釋

① 冀馬燕犀：冀州產的馬、燕地制造的犀甲，這裏統指安祿山的叛軍。

② 徒聞：空聞，沒有根據的聽說。

③ 更：再，還有。

④ 傳宵柝（tuò）：鳴響夜間報更的刁斗。

⑤ 雞人：皇宮中報時的衞士。漢代制度，宮中不得養雞，衞士候於朱雀門外，傳雞唱。

⑥ 籌：計時的用具。

⑦ 此日：指馬嵬坡事變當日。

⑧ 四紀：四十八年。歲星十二年一周天為一紀，玄宗在位四十五年，約為四紀。

⑨ 莫愁：古洛陽女子，嫁為盧家婦，婚後生活幸福。

背景

　　此詩詠歎馬嵬事變。李商隱生活在晚唐國勢頹危的氛圍下，這不能不使他對歷史抱有更多的批判意識，對政治懷有更多的拯救情緒，對荒淫誤國者含有更多的痛恨心理，因此寫下這組詩以達諷喻之意。

　　馬嵬事變發生於唐玄宗天寶十四年（公元 755 年）安史之亂爆發之後。據《舊唐書·楊貴妃傳》記載：安祿山攻破潼關後，唐玄宗帶領楊貴妃及大臣逃出長安城，行至馬嵬坡，禁軍大將陳玄禮密啟太子殺掉楊國忠父子，繼而六軍不發，要求除掉楊貴妃。唐玄宗無可奈何，遂將楊貴妃縊死於佛室。關於楊貴妃的下落，有很多傳說：一說楊貴妃被賜白綾一條，縊死在馬嵬坡佛堂的梨樹下，時年三十八歲。在安史之亂平定後，唐玄宗曾派人去尋找楊貴妃的遺體，但未尋得。一說為亂軍所殺，還有說法是楊貴妃並未死，而是遠渡重洋去了日本。

馬嵬坡 即馬嵬驛，故址在今陝西省興平市西北二十三里，距離長安（今西安）百餘里，唐朝時是長安西行的第一驛站。現當地有楊貴妃墓園，是楊貴妃的衣冠塚。墓前有一碑樓，上刻「唐玄宗貴妃楊氏墓」。楊貴妃墓原是一個土塚，相傳墓上封土香氣宜人，傳說婦女用貴妃墓上的土搽臉，可去掉臉上的黑斑，使面部肌肉細膩白嫩。因此，其墓土被稱為「貴妃粉」，遠近婦女爭相以土搽臉，連外地遊人也要帶包墓土回去，於是墓堆越來越小，守墓人不斷給墓堆添土，但不久又被人取光。為了保護墳墓，只好用青磚將其包砌。

仙遊寺 位於陝西周至縣城南 17 公里的黑水峪口，是西安西南線西端融自然與人文景觀為一體的著名旅遊景點。相傳秦穆公之女弄玉與蕭史的愛情故事發生在這裏。始建於隋文帝開皇十八年（公元 598 年），原名「仙遊宮」，係隋文帝行宮。仁壽元年（公元 601 年），隋文帝為了安置佛舍利，於十月十五日命大興善寺的高僧童真送佛舍利至仙遊宮，建舍利塔安置，易宮為塔，改稱仙遊寺。此寺唐代達到鼎盛，明清曾多次修葺。仙遊寺現存隋代「法王塔」、清代大殿及配殿。其中頗有小雁塔密簷式建築風格的法王塔，是國內現存為數不多的隋塔之一，也是中國現存最早的方形磚塔。歷代許多著名的文人墨客在此留下逸聞遺跡，其中有東漢末年的經學大師馬融、唐代王勃、岑參、李商隱、朱慶餘等，特別是著名詩人白居易曾在這裏一氣呵成寫下了以李隆基和楊玉環的愛情故事為主題的長詩《長恨歌》，成為世代相傳的經典作品。

長安秋望

雲物淒清拂曙流，漢家宮闕動高秋。
殘星幾點雁橫塞，長笛一聲人倚樓。
紫豔半開籬菊靜，紅衣落盡渚蓮愁。
鱸魚正美不歸去，空戴南冠學楚囚。

趙嘏

❶ 曙：拂曉，天要亮還未亮的時候。

❷ 流：指流動。

❸ 漢家宮闕：指唐朝的宮殿。唐朝詩人常借漢朝來寫唐朝。

❹ 鱸魚正美：據《晉書·張翰傳》記載，西晉齊王司馬冏執政時，張翰為大司馬東曹掾。他預知司馬冏將敗，又因秋風起，想念故鄉蘇州的蒓菜鱸魚膾的美味，便棄官回家。不久司馬冏果然被殺。後常用此表示思鄉之情，故園之情和退隱之思。

❺ 南冠：是俘虜的代稱。楚國在南方，因此稱楚冠為南冠。本指被俘的楚國囚犯。後泛稱背井離鄉的人。

背景

　　趙嘏（gǔ）（約公元 806～約 853 年），字承祐，楚州山陽（今江蘇淮安）人，晚唐詩人。會昌四年（公元 844 年）進士及第。官渭南尉。精於七律，筆法清圓熟練，時有警句。

　　這首七言律詩是趙嘏客居長安時期所作。趙嘏曾於唐文宗大和六年（公元 832 年）舉進士不第，寓居長安。詩人獨在異鄉，見深秋淒涼景象，頓生懷鄉思歸之情，創作了這首詩。

　　據《唐才子傳》記載，趙嘏《長安晚秋》一詩云：「殘星幾點雁橫塞，長笛一聲人倚樓」當時人誦詠之，以為佳作，詩人杜牧讀到這首詩後，大為讚賞，並稱趙嘏為「趙倚樓」。

旅遊看點

長安 西安古稱。長安是十三朝古都，是中國歷史上建都朝代最多、建都時間最長、影響力最大的都城，居中國四大古都之首，是中華文明的發祥地，中華民族的搖籃，中華文化的傑出代表。長安是隋唐時期世界上最大的城市，絲綢之路的東方起點。公元前 2 世紀前後，漢武帝為了擴大西漢地域，派張騫兩次出使西域，開創了由西安出發連接歐、亞、非三洲的絲綢之路。這是中國歷史上首次與西方進行的最大規模的經濟文化交流活動。絲綢之路東起古長安，由河西走廊到敦煌分為南北兩路穿過新疆，一直到歐洲，總長7000 多公里，成為此後一千多年間中國與西方交流的主要幹線。西安是迄今為止唯一被聯合國教科文組織確定為世界歷史名城的中國城市，與雅典、羅馬、開羅並稱世界四大文明古都。截至 2016年，西安有兩項六處遺產被列入《世界遺產名錄》，分別是：秦始皇陵及兵馬俑、大雁塔、小雁塔、唐長安城大明宮遺址、漢長安城未央宮遺址、興教寺塔。西安周圍帝王陵墓有 72 座，其中有「千古一帝」秦始皇的陵墓，周、秦、漢、唐四大都城遺址，西漢帝王十一陵和唐代帝王十八陵，大小雁塔、鐘鼓樓、古城牆等古建築 700 多處。以人文景觀數量巨大、種類繁多、分佈廣泛、價值珍貴馳譽中外。西安自然生態優美，位於西安南面的秦嶺被譽為中國的「中央公園」，是中國地理和氣候的南北分水嶺。2009 年秦嶺終南山成功通過聯合國教科文組織評審，成為世界地質公園。

漢長安城未央宮遺址　位於西安西北約 8 公里，今西安市未央區漢城鄉。未央宮在漢長安城西南部，由承明、清涼、金華、玉堂等 40 多個宮殿組成。宮殿佔長安城總面積的七分之一，與東面的長樂宮相距半公里，是西漢以及新莽、西晉、前趙、前秦、後秦、西魏、北周至隋初八個朝代的行政中樞所在地，成為中國歷史上存在時間最長的宮殿。長安城未央宮遺址至今留存着 4.8 平方公里的宏大規模、等級森嚴的建築規格體系，展示了位於絲綢之路東端的亞洲東方文明的發展水平，見證了漢長安在絲綢之路發展歷程中，兼具時間與空間上的雙重起點價值。2014 年未央宮作為中國、哈薩克斯坦和吉爾吉斯斯坦三國聯合申遺的「絲綢之路：長安 — 天山廊道的路網」中的一處遺址點被成功列入《世界遺產名錄》。

同諸公登慈恩寺塔

高標跨蒼穹，烈風無時休。

自非曠士懷，登茲翻百憂。

方知象教力，足可追冥搜。

仰穿龍蛇窟，始出枝撐幽。

七星在北戶，河漢聲西流。

羲和鞭白日，少昊行清秋。

秦山忽破碎，涇渭不可求。

俯視但一氣，焉能辨皇州。

回首叫虞舜，蒼梧雲正愁。

惜哉瑤池飲，日晏崑崙丘。

黃鵠去不息，哀鳴何所投。

君看隨陽雁，各有稻粱謀。

杜甫

❶ 高標：高聳之物，這裏指慈恩塔。

❷ 象教力：佛祖釋迦牟尼說法時常藉形象以教人，故佛教又有象教
之稱。

❸ 冥搜：探幽。

❹ 枝撐：指塔中交錯的支柱。

❺ 羲和：古代神話中為太陽駕車的神。

❻ 涇渭：涇水和渭水。

❼ 一氣：一片朦朧不清的樣子。

❽ 蒼梧：相傳舜征有苗，崩於蒼梧之野，葬於九嶷山（在今湖南寧
遠縣南）。這裏用以比擬葬唐太宗的昭陵。唐太宗受內禪於高祖
李淵，高祖號神堯皇帝。堯禪位於舜，故以舜喻唐太宗。

❾ 日晏：天色晚。

❿ 黃鵠（hú）：即天鵝，善飛，一舉千里。

　　這首詩是杜甫早期的作品。天寶十一年（公元 752 年）秋天，
杜甫與高適、薛據、岑參、儲光羲五人共登慈恩寺塔（大雁塔），每
人賦詩一首，此詩題下原注：「時高適、薛據先有此作。」今薛據詩
已失傳。杜甫的這首詩是同題諸詩中的翹楚。仇兆鰲《杜詩詳注》
中說：「岑、儲兩作，風秀熨帖，不愧名家；高達夫出之簡淨，品
格亦自清堅。少陵則格法嚴整，氣象崢嶸，音節悲壯，而俯仰高深
之景，盱衡今古之識，感慨身世之懷，莫不曲盡篇中，真足壓倒羣
賢，雄視千古矣。」

　　有人曾把此詩稱為政治寓言詩，天寶十一年（公元 752 年）是
安史之亂爆發的前夕，李林甫專權，嫉賢妒能使得朝廷危機四伏，
唐玄宗、楊貴妃、楊國忠等人窮奢極慾，飲宴無度，揮霍民脂民

膏，使得大唐江河日下，民不聊生。岑參等三人的作品更多是從佛理角度來寫登臨的感受，而杜甫詩中則充滿對國家、社會、人民的責任感，詩人從眼前的景觀起興，使用暗示、比喻、象徵手法，對天寶時期統治階級的腐朽糜爛、國運的漸趨衰落，表達了極大的危機感；對於廣大人民的苦難，「國將不國」的社會現實，表達了極大的悲憤和無奈。唐宋以來歷代評論家把杜甫《同諸公登慈恩寺塔》一詩譽為中國登臨遊覽詩中的壓卷之作。

旅遊看點

慈恩寺　貞觀二十二年（公元 648 年），太子李治為追念其生母文德皇后（即長孫氏）祈求冥福，報答慈母恩德，下令建寺，故取名慈恩寺。大慈恩寺是唐長安城內最著名、最宏麗的佛寺，唐長安三大譯場之一。玄奘曾在這裏主持寺務，領管佛經譯場，創立了漢傳佛教八大宗派之一的唯識宗，成為唯識宗（又稱法相宗、俱舍宗、慈恩宗）祖庭。今天的大慈恩寺為明憲宗成化二年（公元 1466 年），在唐慈恩寺西塔院的基礎上修建而成的，佔地 76 畝餘（50738 平方米），位於雁塔區中心地帶，坐北向南，主要建築有山門、鐘鼓樓、大雄寶殿、法堂、大雁塔、玄奘三藏院、藏經樓、寮房等。2016 年 5 月 14 日，世界上現存唯一一株玄奘手植的娑羅樹子樹，經多年培育，成功移植到西安大慈恩寺。

大雁塔　唐高宗永徽三年（公元 652 年），玄奘法師為供養從印度請回的經像、舍利，奏請高宗允許在大慈恩寺內修建佛塔，即大雁塔。大雁塔為玄奘親自設計而成，自唐代開始就是西安的標誌性建

築之一。大雁塔作為現存最早、規模最大的唐代四方樓閣式磚塔，是佛塔這一印度佛教建築形式隨着佛教傳播而東傳入中原地區並中國化的典型物證。塔高 64.5 米，共七層，塔底呈方錐形，底層每邊長 25 米，塔內有樓梯，供遊人登臨，可俯視西安全貌。大雁塔底層南門洞兩側嵌置碑石，西龕是唐太宗李世民撰文、大書法家褚遂良手書的《大唐三藏聖教序》碑；東龕是唐高宗李治撰文、褚遂良手書的《大唐三藏聖教序記》碑，人稱「二聖三絕碑」。大雁塔還是唐朝新中進士的題名之地，即著名的關中八景之一「雁塔題名」，以至於後世以「雁塔題名」代稱進士及第。2014 年大雁塔作為中國、哈薩克斯坦和吉爾吉斯斯坦三國聯合申遺的「絲綢之路：長安 - 天山廊道的路網」中的一處遺址點成功列入《世界遺產名錄》。

曲江二首

（其一）

一片花飛減卻春，風飄萬點正愁人。
且看欲盡花經眼，莫厭傷多酒入唇。
江上小堂巢翡翠，苑邊高塚臥麒麟。
細推物理須行樂，何用浮榮絆此身。

（其二）

朝回日日典春衣，每日江頭盡醉歸。
酒債尋常行處有，人生七十古來稀。
穿花蛺蝶深深見，點水蜻蜓款款飛。
傳語風光共流轉，暫時相賞莫相違。

杜
甫

① 經眼：從眼前經過。
② 翡翠：翡翠鳥。
③ 苑：指曲江勝境之一芙蓉苑。
④ 物理：事物的道理。
⑤ 浮榮：虛名，指自己當時所任的左拾遺的官職。
⑥ 行處：到處。
⑦ 蛺（jiá）蝶：蝴蝶。
⑧ 流轉：在一起逗留、盤桓。

背景

　　這首詩寫於乾元元年（公元 758 年），其時京城雖然收復，但兵戈未息，作者眼見唐朝因政治腐敗而釀成的禍亂，心境十分雜亂。當時杜甫任左拾遺，是一個八品諫官，其工作就是挑皇帝的毛病。因為杜甫盡職盡責，也常惹唐肅宗不高興。遊曲江正值暮春，所以詩就極見傷春之情，詩人藉寫曲江景物的荒涼敗壞以哀時。

　　唐朝規定，官員七十致仕，就是到了七十歲你就可以退休了。武則天大周朝的時候，兵部尚書侯知一年滿七十了，上面通知其致仕，沒想到他不願意退休，為了證明自己身體健康，可以勝任職務，侯知一在百官上朝時當着聖上的面展示自己的身體狀況，史書上是這樣形容他的這一舉動的：「踴躍馳走，以示輕便。」其實按照當時的人的壽命，能活到七十歲的已屬不易，能做一輩子安穩官更是難得。杜甫其實只是藉此來表達自己對官場生涯的不滿罷了。

旅遊看點

曲江 又名曲江池，位於西安市南郊，北臨大雁塔，距城約 5 公里。是我國漢唐時期一座富麗堂皇、景色優美的開放式園林，始建於秦朝。隋朝建立後，隋文帝覺得「曲」字不吉利，於是改名為「芙蓉園」。唐玄宗對曲江進行了大規模擴建，修建了紫雲樓、彩霞亭、臨水亭、水殿、山樓、蓬萊山、涼堂等建築，並建了從大明宮途經興慶宮直達芙蓉園的夾城（長 7960 米，寬 50 米）。經過唐玄宗的擴建，芙蓉園內宮殿連綿，樓亭起伏，曲江的園林建築達到最高境界，各類文化活動也趨於高潮。據《全唐詩》記載，大詩人李白、杜甫、白居易、李商隱、張籍、元稹、劉禹錫、韋應物、溫庭筠、盧照鄰等都曾到曲江一遊，給世人留下許多膾炙人口的優美詩句。在唐政府選拔官員的科舉考試中，進士考試是科舉中最難的一科。除通過禮部每年春季舉行的全國筆試外，還要經過幾道測試才能踏上仕途。正所謂「三十老明經，五十少進士」，可見之難。「歲歲人人來不得，曲江煙水杏園花」，而舉子們一旦中第，對這樣一件關乎個人、門庭榮辱的大事，自然是要好好慶祝一番的，慶祝的形式就是曲江大會，也稱曲江宴。又因舉行宴會的地點一般都設在芙蓉園杏園曲江岸邊的亭子中，所以也叫「杏園宴」。每逢上巳日（農曆的三月三日），正趕上唐代新科進士正式放榜之後，人們在此踏青賞春。新科進士及第總要在這裏乘興作樂，放杯至盤上，放盤於曲流上隨水轉，按照古人「曲水流觴」的習俗，酒杯流至誰跟前誰就要執杯暢飲，並當場作詩，由眾人對詩進行評比，稱為「曲江流飲」。

（五）

終南望餘雪

終南陰嶺秀❶，
積雪浮雲端❷。
林表明霽色❸，
城中增暮寒。

祖詠

注釋

❶ 陰嶺：北面的山嶺，背向太陽，故曰陰。

❷ 林表：林外，林梢。

❸ 霽（jì）：雨、雪後天氣轉晴。

背景

　　這是一首應試詩。《唐詩紀事》記載，祖詠年輕時去長安應考，文題是「終南望餘雪」，必須寫出一首六韻十二句的五言長律。祖詠看完後思考了一下，寫出了四句就擱筆了。他感到這四句已經表達完整，若按照考官要求寫成六韻十二句的五言體，則有畫蛇添足的感覺。當考官讓他重寫時，他還是堅持了自己的看法。考官很不高興，結果祖詠未被錄取。

終南山 是秦嶺山脈的一段，西起陝西寶雞眉縣，東至陝西西安藍田縣。主峯位於長安區境內，海拔 2604 米。它綿延 200 餘里，雄崎在古城長安之南，成為長安城高大堅實的依托、雄偉壯麗的屏障。素有「仙都」「洞天之冠」和「天下第一福地」的美稱。終南山地處中國南北大陸板塊碰撞拼合的主體部位，是中國南北天然的地質、地理、生態、氣候、環境乃至人文的分界線，有「中國天然動物園」「亞洲天然植物園」之稱，以秦嶺造山帶地質遺跡、第四紀地質遺跡、地貌遺跡和古人類遺跡為特色。終南山有兩條著名的古道：一是子午道，是西安通往漢中、四川的要道。唐代，四川涪州（今涪陵區）進貢楊貴妃的荔枝，取道西鄉驛，不三日即到長安，因此這條道也名荔子路。二是武關道，是西安經商洛通楚、豫的大道。秦始皇二十八年「自南郡由武關歸」，走的即是此道。唐代韓愈去廣東潮州，途經藍關時寫下了「雲橫秦嶺家何在，雪擁藍關馬不前」的名句。終南山是道教全真派發祥聖地，又名太乙山、地肺山、中南山、周南山，簡稱南山。「福如東海長流水，壽比南山不老松」中的南山指的就是終南山。周代把終南山、太白山統稱為太乙山。「天下修道，終南為冠」，終南山自古以來就是著名的修道聖地，相傳姜子牙、陶淵明、王維等歷史名人都曾隱居於此。

過華清宮絕句三首

（其一）

長安回望繡成堆，山頂千門次第開 ❶
❷
一騎紅塵妃子笑，無人知是荔枝來 ❸
❹
。

（其二）

霓裳一曲千峯上，舞破中原始下來 ❺
新豐綠樹起黃埃，數騎漁陽探使回 ❻
。

（其三）

雲中亂拍祿山舞，風過重巒下笑聲 ❼
❽
萬國笙歌醉太平，倚天樓殿月分明 ❾
。

杜
牧

❶ 繡成堆：驪山右側有東繡嶺，左側有西繡嶺。唐玄宗在嶺上廣種
　林木花卉，鬱鬱蔥蔥。

❷ 千門：形容山頂宮殿壯麗，門戶眾多。

❸ 次第：依次。

❹ 紅塵：這裏指飛揚的塵土。

❺ 新豐：唐設新豐縣，在陝西臨潼東北，離華清宮不遠。

❻ 漁陽探使：朝廷派去觀察安祿山的使臣。《全唐詩》此句下注：
　「帝使中使輔璆琳探祿山反否，璆琳受祿山金，言祿山不反。」

❼ 霓裳（ní chāng）：即《霓裳羽衣曲》。當時的宮廷舞曲，是唐玄
　宗根據西涼節度使楊敬述進獻的印度《婆羅門》舞曲親自改編而
　成的。

❽ 倚天：形容驪山宮殿的雄偉壯觀。

❾ 祿山舞：《舊唐書·安祿山傳》載：祿山體肥，重三百三十斤，
　卻能在唐玄宗面前表演胡旋舞，其疾如風。旁邊的宮人拍掌擊
　節，因為舞得太快，節拍都亂了。

　　杜牧的《過華清宮絕句》共有三首，是其經過驪山華清宮時有
感而作。華清宮是唐玄宗開元十一年（公元 723 年）修建的行宮，
唐玄宗和楊貴妃常在此尋歡作樂，後來招致了安史之亂。後代有許
多詩人寫過以華清宮為題的詠史詩，而《過華清宮絕句三首》是其
中的名作。

　　《新唐書·楊貴妃傳》：「妃嗜荔枝，必欲生致之，乃置騎傳送，
走數千里，味未變已至京師。」《唐國史補》：「楊貴妃生於蜀，好食
荔枝，南海所生，尤勝蜀者，故每歲飛馳以進。然方暑而熟，經宿
則敗，後人皆不知之。」在唐代，嶺南荔枝其實無法運到長安一帶，

所以蘇軾曾說：「此時荔枝自涪州致之，非嶺南也。」而且據《唐紀》載：唐明皇每年十月去驪山，至第二年春天即還宮，所以未曾六月在驪山。然荔枝盛暑方熟。詞意雖美而失事實。所以此詩或為寫意之作，意在諷刺玄宗寵妃之事，不可一一求諸史實。

旅遊看點

華清宮　是唐代帝王遊幸的別宮，華清宮景區位於西安城東 30 公里處，與「世界第八大奇跡」兵馬俑相毗鄰。為國家首批 5A 級旅遊景區。周、秦、漢、隋、唐等歷代帝王在此建有離宮別苑。因其亙古不變的溫泉資源、烽火戲諸侯的歷史典故、唐明皇與楊貴妃的愛情故事、「西安事變」發生地而享譽海內外，成為中國唐宮文化旅遊標誌性景區。華清宮內集中着唐御湯遺址博物館、西安事變舊址 —— 五間廳、九龍湖與芙蓉湖風景區、唐梨園遺址博物館等文化區和飛霜殿、萬壽殿、長生殿、環園和禹王殿等標誌性建築羣。驪山海拔 1302 米，是華清宮景區的重要組成部分。山上文物勝跡眾多，自然景觀秀麗，遍佈着烽火台、老母殿、老君殿、晚照亭、兵諫亭、上善湖、七夕橋、尚德苑、遇仙橋、三元洞等眾多著名景點。「驪山晚照」是著名的「關中八景」之一。

漁陽　即今北京市密雲區西南。最早文字記載是在戰國時的燕國，因其位於漁水（現白河）之陽，故稱之為漁陽。秦置漁陽縣，唐以後漁陽為薊州治所。「漁陽」是唐時征戍之地，有詩句「昨夜夢漁陽」，常被後世詩人用為「征戍之地」之意象。唐時安祿山駐軍在此，公元 755 年安祿山於此舉兵叛唐。現漁陽指的是天津薊州區，

是天津市的「後花園」。夏商遺存，西周遺址，漢墓羣，唐宋元遼墓葬，清王爺陵和太子陵等遺跡遍佈全區。截至 2015 年，薊州區有盤山風景區、黃崖關長城，翠屏湖度假、城區古文物、中上元古界標准地層剖面和八仙山原始次生林自然保護區六大旅遊景區。其中，盤山被列為國家級風景名勝區，八仙山和中上元古界標準地層剖面分別被列為國家級自然保護區。還有國家重點保護的千年古剎 —— 獨樂寺和白塔寺、鼓樓、文廟、公輸子廟、關帝廟、城隍廟、天仙宮等文物古蹟。

行經華陰

岧嶢太華俯咸京，天外三峯削不成。
武帝祠前雲欲散，仙人掌上雨初晴。
河山北枕秦關險，驛路西連漢畤平。
借問路旁名利客，無如此處學長生。

崔顥

❶ 岧嶢（tiáo yáo）：山勢高峻的樣子。

❷ 太華：指華山。因潼關西面有少華山以示區別。

❸ 咸京：即咸陽，因曾為秦之京城故稱。

❹ 三峯：指華山的芙蓉、玉女、明星三峯。一說蓮花、玉女、松檜
　　三峯。

❺ 武帝祠：即巨靈祠。漢武帝登華山頂後所建。帝王祭天地五帝
　　之祠。

❻ 仙人掌：峯名，為華山最陡峭的一峯。

❼ 漢畤（zhì）：在今陝西鳳翔，畤是古代帝王祭祀天地五帝的固定
　　處所。

❽ 學長生：指隱居山林，求仙學道，尋求長生不老。

背
景

　　崔顥在天寶（公元 742～756 年）年間二次入都。詩人此次行
經華陰，事實上與路上行客一樣，也未嘗不是去求名逐利，但是一
見西嶽的崇高形象和飄逸出塵的仙跡靈蹤，也未免動情，感歎自己
何苦奔波於坎坷仕途。其思想可能是受當時崇奉道教、供養方士之
社會風氣的影響。此詩即出於這種心境而作。

旅遊看點

太華 即西嶽華山，為中國著名的五嶽之一，位於陝西省渭南市華陰市，南接秦嶺，北瞰黃渭。南峯海拔 2154.96 米，是華山最高主峯，也是五嶽最高峯，古人尊稱它是「華山元首」。山麓下的渭河平原海拔僅 330～400 米，高度差為 1700 多米，山勢巍峨，更顯其挺拔，吸引了無數遊覽者，自古以來就有「奇險天下第一山」的說法。華山的著名景區多達 210 餘處，有凌空架設的長空棧道，三面臨空的「鷂子翻身」，以及在峭壁絕崖上鑿出的千尺幢、百尺峽、老君犁溝等，其中「華嶽仙掌」被列為關中八景之首。

秦關 指潼關，地處陝西省關中平原東端，居秦、晉、豫三省交界處。潼關是關中的東大門，有「雞鳴聞三省，關門扼九州」之說，歷來為兵家必爭之地。潼關居中華十大名關第二位，乾隆皇帝遊歷大好河山，行至於此，也不免感慨潼關之險峻，並於城樓外橫額上留下「第一關」的鎦金御書。潼關的形勢非常險要，周圍山連山，峯連峯，谷深崖絕，山高路狹，中通一條狹窄的羊腸小道，往來僅容一車一馬。過去人們常以「細路險與猿猴爭」「人間路止潼關險」來比擬這裏形勢的險要。潼關八景是潼關地區能夠欣賞的八處勝景，指的是雄關虎踞、禁溝龍湫、秦嶺雲屏、中條雪案、風陵曉渡、黃河春張、譙樓晚照、道觀神鐘等。

（八）

塞蘆子[1]

五城何迢迢，迢迢隔河水[2]。

邊兵盡東征，城內空荊杞。

思明割懷衞，秀巖西未已[3]。

回略大荒來，崤函蓋虛爾[4][5][6][7]。

延州秦北戶，關防猶可倚。

焉得一萬人，疾驅塞蘆子。

岐有薛大夫，旁制山賊起[8]。

近聞昆戎徒，為退三百里[9]。

蘆關扼兩寇，深意實在此[10]。

誰能叫帝閽，胡行速如鬼。

杜甫

一七〇

注釋

① 塞：是堵塞。

② 隔河水：河水指黃河。五城是定遠、豐安和三個受降城，因都在黃河北，故曰「隔河水」。

③ 懷衞：懷衞，二州名。

④ 秀巖：指高秀巖，他本是哥舒翰部將，後降安祿山，這時和史思明合兵而西。

⑤ 回略：迂迴地包抄。

⑥ 大荒：指西北。

⑦ 虛爾：兵力空虛。

⑧ 薛大夫：指扶風太守薛景仙。安史之亂中，長安淪陷，太子北上靈武。薛景仙的扶風成為對抗叛軍、保證行在安危的重要屏障。

⑨ 昆戎徒：與上文「山賊」同指吐蕃。

⑩ 兩寇：指史思明和高秀巖。

背景

　　天寶十一載（公元 752 年）十一月，安史之亂爆發了，中原一帶生靈塗炭，杜甫亦飽受戰亂之苦。亂起之後，杜甫帶着家小由奉先往白水，又由白水向陝北流亡。吃野果子、搭窩棚，詩人和流亡的人民羣眾一起忍受了國破家亡的痛苦。次年七月十三日，太子李亨在靈武（今屬寧夏）繼位，改元至德。杜甫此時已逃到鄜州（今陝西富縣一帶），八月間得知新的皇帝唐肅宗即位了，便把家小安置在羌村，獨身一人離開鄜州，北上延州（今陝西延安），想出蘆子關（陝西橫山縣附近），投奔靈武。杜甫來到今延安（原名延州）後，又累又餓，本想停下來休息，當看到眼前這座龐大的關城時，頓覺渾身有力，登上了最高峯，提筆寫下《塞蘆子》一詩，此詩表現了杜甫籌邊的策略，同時也可見杜甫「臨危莫愛身」的愛國精神。詩

中的千古絕句「延州秦北戶，關防猶可倚，焉得一萬人，疾驅塞蘆子」成為安塞世代的驕傲。

旅遊看點

蘆子　關名，在延安西北。據《安塞縣志》蘆子關距今安塞縣城北75公里。此地山高坡陡，峽谷狀如葫蘆。古代各封建王朝都派兵把守，被視為咽喉重地。唐長慶四年（公元 824 年），李彝為朔方節度使，在蘆關建造城防，以護寨外。後唐長興四年（公元 933 年）藥彥稠諸將討伐盤踞夏州的李彝超時，首先屯兵蘆關，以壯軍威。

延安市　位於黃河中游，屬黃土高原丘陵溝壑區。城區處於寶塔山、清涼山、鳳凰山三山鼎峙中，延河、汾川河二水交匯之處的位置，成為兵家必爭之地，有「塞上咽喉」「軍事重鎮」之稱，被譽為「三秦鎖鑰，五路襟喉」。延安是中華民族重要的發祥地，也是中國革命的聖地。延安是中國優秀旅遊城市，有着「中國革命博物館城」的美譽。主要旅遊景點有中國第一號古墓葬之稱的軒轅黃帝陵、寶塔山景區、子長鐘山石窟、黃河壺口瀑布、中國最大的野生牡丹羣和花木蘭故里萬花山、黃河蛇曲國家地質公園（乾坤灣）、延安國家森林公園、洛川黃土國家地質公園等。延安是中國紅色旅遊景點最多、內涵最豐富、知名度最高的紅色旅遊資源富集區，有棗園革命舊址、楊家嶺革命舊址、王家坪革命舊址、鳳凰山革命舊址、南泥灣、清涼山、延安革命紀念館、延安新聞紀念館、中國抗日軍政大學紀念館等，是中國保存最完整、面積最大的革命遺址羣。

題石窟

梵宇開金地，香龕鑿鐵圍。
影中羣象動，空裏眾靈飛。
簷牖籠朱旭，房廊挹翠微。
瑞蓮生佛步，瑤樹掛天衣。
邀福功雖在，興王代久非。
誰知雲朔外，更睹化胡歸。

宋昱

❶ 梵宇、金地：都指佛寺。

❷ 龕：盛佛像或神主的閣子，這裏指石窟。

❸ 鐵圍：此指雲岡石窟所在的武周山。

❹ 簷牖：屋簷下的窗戶。

❺ 挹（yì）：舀，收取。

❻ 瑞蓮：吉祥的蓮花。

❼ 瑤樹：此處泛指佛宮的一切珍樹奇木。

❽ 邀福：祈福。

❾ 化胡：東晉時，道士王浮為揚道抑佛，杜撰《老子化胡經》一
　　書，敷衍出一段老子死後轉生天竺（古印度）為佛，教化釋迦成
　　道的故事。

背
景

　　宋昱，唐代人，為楊國忠黨，官至中書舍人。資產甚富，至德
元年（公元 756 年）被亂兵所殺。現存詩三首。

　　這是歷史上最早寫大同雲岡石窟的詩。詩中講了石窟開鑿的時
代、石窟佛像的生動形象、景色的秀麗和神奇的傳說。

旅遊看點

雲岡石窟　位於中國北部山西省大同市西郊 17 公里處的武周山南麓。始建於公元 460 年，由當時的佛教高僧曇曜奉旨開鑿。石窟依山開鑿，東西綿延 1 公里。按照開鑿的時間可分為早、中、晚三期，不同時期的石窟造像風格也各有特色。現存有主要洞窟 45 個，大小窟龕 252 個，石雕造像 51000 餘尊，為中國規模最大的古代石窟群之一，與敦煌莫高窟、洛陽龍門石窟和天水麥積山石窟並稱為中國四大石窟藝術寶庫。雲岡石窟是石窟藝術「中國化」的開始，記錄了印度及中亞佛教藝術向中國佛教藝術發展的歷史軌跡，反映了佛教造像在中國逐漸世俗化、民族化的過程。雲岡石窟 2001 年被聯合國教科文組織列入《世界遺產名錄》，2007 年被國家旅遊局評為首批國家 5A 級旅遊景區。

大同　位於山西省北部大同盆地的中心，晉冀與內蒙古三省區交界處、黃土高原東北邊緣，為全晉之屏障、北方之門戶。且扼晉、冀、內蒙古之咽喉要道，有「北方鎖鑰」之稱。自古為軍事重鎮和戰略重地，是兵家必爭之地。馬鋪山是漢代劉邦與匈奴奮戰七晝夜的戰場。

金沙灘　（屬山西朔州）是楊家將血戰的疆場。大同在歷史上一直是中國北方比較有影響力的大城市之一，素有「三代京華，兩朝重鎮」之稱。五嶽之一的北嶽恆山、古代建築的傑出代表懸空寺聲名遠揚。以雲岡石窟、北魏懸空寺為代表的北魏文化；以華嚴寺、善化寺、觀音堂、覺山寺塔、圓覺寺塔為代表的遼金文化；以邊塞長城、兵堡、龍壁、明代大同府城為代表的明清文化，構成了大同鮮明的地域文化特色。

北嶽廟

天地有五嶽，恆嶽居其北。
巖巒疊萬重，詭怪浩難測❶❷。
人來不敢入，祠宇白日黑。
有時起霖雨❸，一灑天地德。
神兮安在哉，永康我王國。

賈　島

注釋

❶ 怪：奇異怪誕。
❷ 浩：廣大。
❸ 霖雨：連綿大雨。

背景

　　賈島（公元 779～843 年），字閬仙，唐朝河北道幽州範陽縣（今河北涿州）人。中唐詩人。曾出家為僧，後還俗，屢舉進士不第。其詩喜寫荒涼枯寂之境，頗多寒苦之辭。以五律見長，注意詞句錘煉，刻苦求工，人稱「詩奴」，與孟郊共稱「郊寒島瘦」。本詩充滿了詭怪難測的色彩，突出了恆山的高聳險峻。

恆嶽 即北嶽恆山，與東嶽泰山、西嶽華山、南嶽衡山，中嶽嵩山並稱為五嶽。它橫跨晉、冀兩省，西銜雁門關、東跨太行山，南障三晉，北瞰雲、代二州，莽莽蒼蒼，橫亙塞上，巍峨聳峙，氣勢雄偉。景區以雙峯並峙的天峯嶺和翠屏峯為中心，主峯天峯嶺在渾源縣城南，海拔 2016.8 米，被稱為「人天北柱」「絕塞名山」「天下第二山」。蒼松翠柏、廟觀樓閣、奇花異草、怪石幽洞構成了著名的恆山十八景。恆山因險峻的自然山勢和獨特的地理位置，成為兵家必爭之地。許多帝王、名將都在此打過仗，這是恆山在五嶽中最引以為豪的。關隘、城堡、烽火台等眾多古代戰場遺跡被保存了下來，氣勢壯觀，風景如畫。

懸空寺 位於恆山金龍峽西側翠屏峯的峭壁間，始建於 1400 多年前的北魏王朝後期，是國內僅存的佛、道、儒三教合一的獨特寺廟。懸空寺距地面高約 60 米，最高處的三教殿離地面 90 米，素有「懸空寺，半天高，三根馬尾空中吊」的俚語，以如臨深淵的險峻而著稱。因歷年河床淤積，現僅剩 58 米。其建築特色可以概括為「奇、懸、巧」三個字。奇 —— 遠望懸空寺，像浮雕嵌在峭壁間，近看，大有凌空欲飛之勢。懸 —— 全寺共有殿閣 40 間，表面看上去支撐它們的是十幾根碗口粗的木柱，其實有的木柱根本不受力。巧 —— 建寺時因地制宜，充分利用峭壁的自然狀態佈置和建造寺廟各部分建築，將一般寺廟平面建築的佈局、形制等建造在立體的空間中。唐開元二十三年（公元 735 年），李白遊覽懸空寺後，在石崖上留下「壯觀」二字。明代大旅行家徐霞客稱懸空寺為「天下巨觀」。

雁門太守行

黑雲壓城城欲摧，甲光向日金鱗開。

角聲滿天秋色裏，塞上燕脂凝夜紫。

半捲紅旗臨易水，霜重鼓寒聲不起。

報君黃金台上意，提攜玉龍為君死！

李賀

❶ 甲光：鎧甲迎着太陽閃出的光。

❷ 金鱗開：（鎧甲）像金色的魚鱗一樣閃閃發光。

❸ 燕脂：即胭脂，這裏指暮色中塞上泥土有如胭脂凝成。夜紫和燕脂都暗指戰場的血跡。

❹ 易水：河流名，發源於河北省易縣境內，因燕太子丹送荊軻刺秦於此作別，高漸離擊築，荊軻合着音樂高歌：「風蕭蕭兮易水寒，壯士一去兮不復還！」而名揚天下。

❺ 霜重鼓寒：天寒霜降，戰鼓聲沉悶而不響亮。

❻ 黃金台：故址在今河北省易縣東南，相傳戰國燕昭王所築。燕昭王求士，築高台，置黃金於其上，廣招天下人才。

❼ 玉龍：寶劍的代稱。

背景

　　李賀（公元 790～816 年），字長吉，河南福昌（今河南洛陽宜陽縣）人，中唐詩人，是唐宗室鄭王李亮後裔。有「詩鬼」之稱，與李白、李商隱三人並稱唐代「三李」。李賀 20 歲到京城長安參加科舉考試，唐朝重視科舉出身，但李賀因父親名中「晉」與進士的「進」同音，以冒犯父名的理由被取消考試資格。由於他才華出眾，擔任了名為奉禮郎的卑微小官，後辭官歸鄉隱居，功名無成，哀憤之思日深。加之其妻病卒，李賀憂鬱成疾，27 歲因病離世。留下了「黑雲壓城城欲摧」「雄雞一聲天下白」「天若有情天亦老」等千古佳句。

　　關於此詩創作年代有兩種說法。一種說法是此詩作於唐憲宗元和九年（公元 814 年）。當年唐憲宗以張煦為節度使，領兵前往征討雁門郡之亂，李賀即興賦詩鼓舞士氣，作成了這首《雁門太守行》。另一種說法，據唐張固《幽閑鼓吹》載：李賀曾把詩卷送給

韓愈看，此詩放在卷首，韓愈看後也很欣賞。而這是元和二年（公元 807 年）的事。據一些傳說和材料記載推測，認為此詩應該是寫平定藩鎮叛亂的戰爭。

據《唐語林》記載：「李賀以歌詩謁韓愈，愈時為國子博士分司，送客歸，極困。門人呈卷，解帶旋讀之，有篇《雁門太守行》云：黑雲壓城城欲摧，甲光向日金鱗開。卻緩帶，命迎之。」在韓愈的大力推薦下，李賀聲名遠揚。

旅遊看點

雁門關　坐落於山西忻州的代州古城北部勾注山脊，是中國古代關隘規模最宏偉的軍事防禦工程。雁門關是宋明兩代的歷史標誌，長城上的重要關隘，與寧武關、偏關合稱為「外三關」。《呂氏春秋》中說它居「天下九塞」之首。雁門關關樓上「三關衝要無雙地，九塞尊崇第一關」的對聯，形象地表述出雁門關的險要地理與重要位置。雁門關還是中國歷史上最著名的古戰場。據統計，兩千多年來，發生在雁門關的戰爭有文字記載的就有二百二十多場，湧現的英勇戰將更是無可計數，是歷代名將建功立業的主要場所。明朝初年，代州城內建造了一座宏大的將軍廟，把歷史上在雁門關英勇殺敵的所有將軍們都加以供奉。據明朝萬曆年間《代州志》記載，廟內供奉的歷代將軍共有三十四位，其中李牧、周勃、李廣、衞青、霍去病、杜延年、郅都、牽招、楊素、李靖、李廣進、楊業、楊延昭等著名戰將都名列其中。

春日晉祠同聲會集得疏字韻

風壞瞻唐本，山祠閱晉餘①⑤

水亭開帟幕，巖榭引簪裾④⑥

地綠苔猶少，林黃柳尚疏⑦⑧

菱苕生皎鏡，金碧照澄虛⑨⑩

翰苑聲何舊，賓筵醉止初⑪

中州有遼雁，好為繫邊書⑫

李 益

注釋

1. 風壤：風俗、風土。
2. 唐本：晉陽（今太原）北有故唐城，相傳為帝堯所建。
3. 山祠：晉祠位於懸甕山麓，故稱山祠。
4. 水亭：指難老泉亭，在晉祠聖母殿南。
5. 帟（yì）幕：小帳篷。
6. 簪裾（jū）：顯貴者的服飾，這裏指達官貴人。
7. 菱苕（tiáo）：菱和蘆葦，兩種水生植物。
8. 皎鏡：像鏡子一樣的水面，比喻水面清澈。
9. 金碧：琉璃瓦的金碧色。
10. 澄虛：清澄的天空。
11. 翰苑：文壇、文苑。
12. 繫邊書：繫家書於雁足，託鴻雁傳書。

背景

　　李益（公元 748～829 年），字君虞，隴西姑臧（今甘肅武威）人，後遷河南鄭州。中唐邊塞詩的代表詩人。大曆進士，曾官至禮部尚書。「大曆十才子」之一。其邊塞詩主要抒寫邊地士卒久戍思歸的幽怨心情，不復有盛唐邊塞詩的豪邁樂觀情調。他擅長絕句，尤工七絕。

　　唐代蔣防曾寫唐傳奇《霍小玉傳》，據說就是以李益為原型而作。故事寫隴西李益與妓女霍小玉的愛情悲劇。李益初與霍小玉相戀，同居多日。得官後，聘表妹盧氏，與小玉斷絕。小玉日夜思念成疾，後得知李益負約，憤恨欲絕。忽有「豪士」挾持李益至小玉家中，小玉誓言死後必為厲鬼報復。李益娶盧氏後，因猜忌休妻，「至於三娶，率皆如初焉」。明代胡應麟稱讚：「此篇尤為唐人最精彩動人之傳奇」。

晉祠　位於山西省太原市晉源區晉祠鎮，原名為晉王祠，初名唐叔虞祠，是為紀念晉國開國諸侯唐叔虞（後被追封為晉王）及母后邑姜后而建。晉祠為晉國宗祠，是中國現存最早的皇家園林。晉祠是中國唐宋古建、園林、雕刻藝術的典範。現存的有盛唐時期碑刻，宋、元、明、清不同時期的古代建築 100 餘座，特別是主體建築聖母殿被譽為中國古代建築史上唯一具有典型性的北宋時期代表性建築實例。保存在聖母殿內的宋塑羣像不僅是中國雕塑史上唯一反映宮廷人物的造像，也是中國雕塑史上的罕見精品。殿內兩側為難老、善利二泉，晉水主要源頭由此流出，常年不息，水溫 17℃左右，清澈見底。祠內貞觀寶翰廳有唐太宗寫的「御碑」「晉祠之銘並序」。晉祠內還有著名的周柏、唐槐，周柏位於聖母殿左側。唐槐在關帝廟內，老枝縱橫，至今生機勃勃，鬱鬱蒼蒼，與川流不息的難老泉和精美的宋塑 42 個侍女像、聖母像譽為「晉祠三絕」。

太原　瀕臨汾河，三面環山，自古就有「錦繡太原城」的美譽，是中國北方軍事、文化重鎮，世界晉商都會。太原曾經是唐堯故地、戰國名城、北朝霸府、天王北都、中原北門、九邊重鎮、晉商故里。太原有豐富的文化遺產，晉祠古典園林，其宋代的建築和塑像尤為珍貴；天龍山佛教石窟，石雕像為中原地區罕見的佳作；龍山道教石窟，是中國僅有的元代道教石窟；雙塔永祚寺，其「雙塔凌霄」已成為太原的標誌。太原被稱為麵食之都，刀削麵是最有代表性的美食，堪稱天下一絕，已有數百年的歷史。

春夜洛城聞笛

誰家玉笛暗飛聲，
散入春風滿洛城。❶
此夜曲中聞折柳，❷
何人不起故園情。❸

李白

❶ 洛城：即洛陽城，今河南省洛陽市。
❷ 折柳：即《折楊柳》笛曲，樂府「鼓角橫吹曲」調名。內容多寫
　　離情別緒，唐人有臨別時折柳相贈的習俗。
❸ 故園：故鄉，家鄉。

　　這首詩是唐玄宗開元二十二年（公元 734 年）或二十三年（公
元 735 年）李白遊洛城（即洛陽）時所作。洛陽在唐代是一個很繁
華的都市，時稱東都。當時李白客居洛城，大概在客棧裏，偶然聽
到笛聲而觸發故園思鄉之情，因作此詩。

旅遊看點

洛陽 位於河南省西部、黃河中下游，因地處洛河之陽而得名。洛陽處於豫西山區，東臨嵩嶽，西依秦嶺，南望伏牛，北靠太行，形成了「河山拱戴，形勢甲於天下」之勢，有「四面環山六水並流、八關都邑、十省通衢」之稱。洛陽是東漢、曹魏、西晉、北魏及隋唐時期絲綢之路的東方起點，隋唐大運河的中心樞紐。以洛陽為中心的河洛文化是中華民族文明的源頭與核心，河圖洛書在此誕生。洛陽是中國四大古都之一，曾為十三朝古都，因此有「千年帝都」之稱，是中國歷史上唯一被定命名為神都的城市，中國歷史上唯一的女皇武則天就定都在此。牡丹因洛陽而聞名於世，有「洛陽牡丹甲天下」之稱，被譽為「千年帝都，牡丹花城」。洛陽旅遊景點有豐富的人文景觀，其中龍門石窟是中國四大石窟之一，白馬寺是中國第一座官辦佛教寺院，洛陽古墓博物館是世界上最大的古墓羣，此外還有二程墓、白園、關林等一大批歷史遺跡。

（一四）

賞 牡 丹

庭前芍藥妖無格 ①，
池上芙蕖淨少情 ②。
唯有牡丹真國色 ③，
花開時節動京城。

劉禹錫

❶ 芍藥：多年生草本植物，初夏開花，形狀與牡丹相似。

❷ 芙蕖（fú qú）：荷花的別名。

❸ 國色：傾國傾城之美色。

　　劉禹錫（公元 772～842 年），字夢得，河南洛陽人，其祖先為中山靖王劉勝。唐朝文學家、哲學家，有「詩豪」之稱。劉禹錫詩文俱佳，涉獵題材廣泛，與柳宗元並稱「劉柳」，與韋應物、白居易合稱「三傑」，並與白居易合稱「劉白」。

　　牡丹是中國的特產名花，春末開花，花大而美。唐代高宗、武后時開始從汾晉（今山西汾河流域）移植於京城，玄宗時傳入長安被視為珍品。此詩即寫唐人賞牡丹的盛況。描繪了唐朝慣有的觀賞牡丹的習俗和牡丹的傾國之色。

　　宋人筆記《事物紀原》：「（唐）武后詔遊後苑，百花俱開，牡丹獨遲，遂貶於洛陽，故洛陽牡丹冠天下。」李肇《唐國史補》卷中寫道：「京城貴遊尚牡丹，三十餘年矣。每春暮，車馬若狂，以不耽玩為恥。執金吾鋪官圍外，寺觀種以求利，一本有直數萬者。」從此可見牡丹受洛陽人歡迎的盛況。

洛陽牡丹　牡丹作為觀賞花卉第一次進入皇家園林始於隋煬帝時期，唐《海山記》記載：「隋帝辟地二百里為西苑（今洛陽西苑公園一帶），詔天下進花卉，易州進二十箱牡丹，有赫紅、飛來紅、袁家紅、醉顏紅、雲紅、天外紅、一拂黃、軟條黃、延安黃、先春紅、顫風嬌……」唐朝初年，武則天將家鄉西河的牡丹移於洛陽上林苑，「京國牡丹日月漸盛」。到玄宗時，牡丹由洛陽傳入長安，得到了迅速發展。但一方面是由於長安的氣候環境不如洛陽「花最宜」，另一方面則是因為長安缺少掌握牡丹培植技藝的花師，所以在經歷了中晚唐 100 多年之後，牡丹在長安逐漸銷聲匿跡。北宋時期，全國的政治、經濟中心轉移到洛陽、開封一帶。大文學家歐陽修編撰了《洛陽牡丹譜》《洛陽牡丹圖》和《洛陽風土記》三本有關洛陽牡丹花的專著，特別在其中的一篇《洛陽牡丹品序》的文章中，對洛陽牡丹大加讚賞，等於替洛陽牡丹做了一個絕妙的「廣告」，從此洛陽的牡丹才算真正的名冠天下了。

宿白馬寺

白馬馱經事已空，
斷碑殘剎見遺蹤。
蕭蕭茅屋秋風起，
一夜雨聲羈思濃。

張

繼

❶ 羈（jī）思：即羈旅之思。在外做客思念故鄉的心情。

背
景

　　唐玄宗天寶十四年（公元 755 年），安祿山叛軍攻陷洛陽城。公元 756 年，安祿山在洛陽稱大燕皇帝，東都洛陽遭到嚴重破壞，白馬寺也未能倖免。《舊唐書》曾載：「回紇至東京，以賊平，恣行殘忍，士女懼之，皆登聖善寺及白馬寺二閣以避之。回紇縱火焚二閣，傷死者萬計，累旬火焰不止。」張繼於「安史之亂」後抵洛，在一個秋雨之夜投宿此寺，目睹兵火殘狀，觸景生情，在感慨萬千中，寫下了這首《宿白馬寺》詩。

旅遊看點

白馬寺　位於河南省洛陽市老城以東 12 公里，洛龍區白馬寺鎮內。創建於東漢永平十一年（公元 68 年），是中國第一古剎，佛教傳入中國後興建的第一座官辦寺院，有中國佛教的「祖庭」和「釋源」之稱。東漢永平七年（公元 64 年），漢明帝劉莊（劉秀之子）夜宿南宮，夢一個身高六丈，頭頂放光的金人自西方而來，在殿庭飛繞。次日晨，漢明帝將此夢告訴給大臣們，博士傅毅啟奏說「西方有神，稱為佛，就像您夢到的那樣」。漢明帝聽罷大喜，派大臣蔡音、秦景等十餘人出使西域，拜求佛經、佛法。永平十年（公元 67 年），二位印度高僧應邀和東漢使者一道，用白馬馱載佛經、佛像同返國都洛陽。永平十一年，漢明帝敕令在洛陽西雍門外三里御道北興建僧院。為紀念白馬馱經，取名「白馬寺」。「寺」字即源於當時東漢負責外交事務的官署「鴻臚寺」之「寺」字，後來「寺」字便成了中國寺院的一種泛稱。兩位印度僧人攝摩騰和竺法蘭在此譯出《四十二章經》，為現存中國第一部漢譯佛典。白馬寺現存的遺址古蹟為元、明、清時所留，各殿內的佛像大多是元代用乾漆製成的，特別是大雄寶殿的佛像，是洛陽現存最好的塑像。寺廟內還存有自唐以來的歷代碑碣 40 多座，以元代書法家趙孟頫手書的《洛京白馬寺祖庭記》最為珍貴。寺大門外有兩匹宋代的石雕馬，大小和真馬相當，形象溫和馴良。相傳這兩匹石雕馬原在永慶公主（宋太祖趙匡胤之女）駙馬、右馬將軍魏咸信的墓前，後由白馬寺的住持德結和尚搬遷至此。寺內主要建築有山門、殿閣、齊雲塔院等。在白馬寺廣場的東南處塔院橋前有一墓塚，是唐代著名宰相狄仁傑之墓。

香山寺二絕

（其一）

空山寂靜老夫閑❶，伴鳥隨雲往復還。

家醖滿瓶書滿架，半移生計入香山。

（其二）

愛風巖上攀松蓋，戀月潭邊坐石棱❷。

且共雲泉結緣境，他生當作此山僧。

白居易

注釋

❶ 山：指香山。

❷ 石棱：石頭的棱角。此處專指多棱的山石。

背景

　　白居易晚年因厭倦朝廷爭鬥，加之受佛老思想的影響，決定遠離官海，隱居在東都洛陽。他十分鍾愛香山寺的清幽，常常出入香山寺中，但是寺門破敗，牆壁剝落，導致僧人的住宿簡陋，佛像也已經被侵蝕，不堪言狀。於是，白居易決心修復香山寺。在重修香山寺後，他更加喜愛龍門山水和香山風景之美，便移居香山寺，拜僧人如滿為師，並自號香山居士。八年後的開成五年（公元 840年），白居易又不顧年老體衰，為在香山寺建藏經堂盡心盡力，為佛教經典在香山寺保存創造了很好的條件。同年十一月，還把他在洛陽居住十餘年所寫的八百餘首詩輯錄為《白氏洛中記》藏於香山寺藏經堂。

　　大和五年（公元 831 年），白居易的摯友元稹猝死於武昌軍節度使任所，彌留之際，他留下遺囑讓白居易為其撰寫墓志。元稹死後，他的家人帶着價值六七十萬貫的馬綾、銀鞍、玉帶等物作為潤筆費來見白居易。白居易睹物思人，萬分悲痛，一口答應「文不當辭」，但「贄不當納」，推辭再三。元稹家人堅持留下錢物離開。白居易把這六七十萬貫錢物全部作為修繕香山寺的費用，於第二年五月開工，經過三個月的緊張施工，修復後的香山寺再現了「關塞之氣色，龍潭之景象，香山之泉石，石樓之風月，與往來者耳目一時而新」的景象。（見《白居易集》940 頁《修香山寺記》）

　　武宗會昌六年（公元 846 年）八月十四日，白居易於洛陽去世，享年 75 歲，遺命葬於香山寺如滿大師塔側。白居易去世後，唐宣宗李忱寫詩悼念他說：「綴玉聯珠六十年，誰教冥路作詩仙？浮雲

不繫名居易，造化無為字樂天。童子解吟《長恨》曲，胡兒能唱《琵琶》篇。文章已滿行人耳，一度思卿一愴然。」

旅遊看點

香山寺 位於河南省洛陽市龍門山的南側，與龍門石窟隔河相望。始建於北魏熙平元年，武則天稱帝時重修該寺，並常親駕遊幸，留下了「香山賦詩奪錦袍」的佳話。白居易曾捐資六七十萬貫，重修香山寺，並撰《修香山寺記》，使得寺名大振。清康熙年間再次重修，乾隆皇帝曾巡幸香山寺，稱頌「龍門凡十寺，第一數香山」。1936年香山寺進行重新修建後，為蔣介石慶祝五十壽辰而在寺內建一幢兩層小樓，位於香山寺內東南側，被稱為「蔣宋別墅」。

歸嵩山作

清川帶長薄，車馬去閑閑①。
流水如有意，暮禽相與還②。
荒城臨古渡③，落日滿秋山④。
迢遞嵩高下，歸來且閉關⑤。

王
維

❶ 長薄：綿延的草木叢。

❷ 去：行走。

❸ 荒城：應該指的是嵩山附近的登封等縣。

❹ 迢遞：遙遠的樣子。

❺ 閉關：閉門謝客。

背
景

　　這首詩作於開元二十二年（公元 734 年）秋。開元中（公元 713～741 年），唐玄宗常住東都洛陽，王維在洛陽附近的嵩山也有隱居之所。此詩是王維從濟州（今山東濟寧）貶所返回後，從長安（今陝西西安）回嵩山時所作，寫作者歸隱嵩山途中所見的景色和心情。

少林寺 位於河南省鄭州市嵩山五乳峯下，始建於北魏太和十九年（公元 495 年），因坐落於嵩山腹地少室山茂密叢林之中，故名「少林寺」。少林寺以禪宗和武術並稱於世，被譽為天下第一名剎。唐初，少林寺十三和尚因助唐有功，受到唐太宗的封賞，賜田千頃，水碾一具，並稱少林僧人為僧兵，從此，少林寺名揚天下。少林寺是漢傳佛教的禪宗祖庭，在中國佛教史上佔有重要地位。少林功夫是中國武術中體系最龐大的門派，素有「天下功夫出少林，少林功夫甲天下」之說。

嵩山 古時名為「外方」，夏商時稱「嵩高」。西周時稱「嶽山」，周平王遷都洛陽後，定嵩山為「中嶽」，五代以後稱「中嶽嵩山」。嵩山由太室山與少室山組成，共 72 峯。太室山主峯峻極峯為嵩山之東峯，海拔 1492 米，主要建築為中嶽廟、嵩陽書院。據傳，大禹的第一個妻子塗山氏生啟於此，山下建有啟母廟，故稱之為「太室」（室：妻也）。少室山距太室山約 10 公里，連天峯為嵩山之西峯，海拔 1512 米，為嵩山最高峯，主要建築為少林寺。據說，禹王的第二個妻子，塗山氏之妹樓於此。人於山下建少姨廟敬之，故山名謂「少室」。嵩山是三教的策源地，對三教的形成和傳播都起到了極大的作用。

登封 位於河南省中西部，中嶽嵩山南麓。夏朝最早在陽城（今登封告成）建都，稱為禹都陽城。公元 696 年，武則天登嵩山、封中嶽，以示大功告成，改嵩陽縣為登封縣，改陽城縣為告成縣。金代將兩縣合併為登封縣。登封旅遊資源十分豐富，少林寺是佛教禪宗祖庭，中嶽廟是五嶽之中規模最大的道觀，嵩陽書院則是北宋鴻儒程顥、程頤兄弟講學之所，是宋明理學的發源地之一。

上陽台

山高水長，
物象千萬，
非有老筆❶，
清壯何窮❷。

李白

注釋

❶ 老筆：老練剛勁之筆。這裏指造詣深厚的畫家或文學家的文筆。

❷ 何窮：何，怎麼；窮，追尋到盡頭。這裏可理解為完全徹底。

背景

　　唐天寶三年（公元 744 年），李白與杜甫、高適洛陽相遇後，攜手同遊王屋山，見陽台宮內有已故道士司馬承禎所作巨幅王屋山水壁畫，遂題此詩。《上陽台》落款「十八日」，無紀年。據王屋山《大唐王屋山中巖台貞一生先廟碣》可知，司馬承禎羽化於乙亥（公元 735 年）六月十八日，可知李白此詩是為司馬承禎九周年忌日而作。

　　司馬承禎是與濟源相鄰的温縣人，先後三次被武則天、唐睿宗詔入宮內講經。李白早年離家出蜀遊三峽時，曾和司馬承禎等人結為「仙中十友」。

　　《上陽台帖》，是李白唯一存世手跡。1956 年，著名文物收藏家張伯駒將珍藏多年的《上陽台帖》送給毛主席，毛主席收藏兩年後轉交故宮博物院。書帖卷前有宋徽宗趙佶瘦金書標題，卷前後有元人張宴、明人項元汴、清人梁清標及乾隆、嘉慶皇帝等鑒藏印記。已故國學大師啟功曾作《李白〈上陽台帖〉墨跡》一文，確認為李白真跡。

陽台 即陽台宮。坐落於河南省濟源市城區西北 30 公里的道教第一大洞天王屋山華蓋峯的南麓，因地處陽台而得名。王屋山道教三宮之一。始建於唐開元十二年（公元 724 年）。北依天壇山，面向九芝嶺，有「丹鳳朝陽」之稱。現有建築 8 座 35 間，主要建築大羅三境殿、玉皇閣。大羅三境殿（即三清殿）為河南省現存最大的明代單簷歇山式木構建築。殿內 30 根方形石柱，通身雕刻雲龍、丹鳳、瑞禽、祥獸及神仙世俗故事，為明代石刻藝術珍品。玉皇閣為河南省最高明清歇山式樓閣，玉皇閣廊柱浮雕是陽台宮眾多浮雕中最具欣賞價值的藝術精品，20 根八角形石柱上，用高浮雕手法雕刻盤龍丹鳳、花鳥禽獸、高士羽人，以及民間故事蘇武牧羊、龍抓王小、飛虎山、桃源洞、孝子圖等，形象豐富生動，體現了明代精湛的石刻藝術。院中有千年娑羅樹 1 株，檜柏 5 株。月台兩側檜柏形如龍鳳，稱「龍柏」「鳳柏」。

王屋山 位於河南省濟源市西北部，是中國古代九大名山之一，在《尚書》《山海經》《國語》《爾雅》等典籍中多有記載。女媧補天、黃帝祭天、愚公移山等創世神話都產生在這裏。王屋山是道教「天下第一洞天」，在中國道教歷史上具有獨尊的地位。春秋時期的老子、河上公，魏晉時期的魏華存，唐代的司馬承禎，宋代的賀蘭棲真，金元時期的丘處機等道家人物都曾在王屋山悟道修煉。

梁園吟

我浮黃河去京闕，掛席欲進波連山①。

天長水闊厭遠涉，訪古始及平台間②。

平台為客憂思多，對酒遂作梁園歌。

卻憶蓬池阮公詠，因吟「淥水揚洪波」③。

洪波浩蕩迷舊國，路遠西歸安可得！④

人生達命豈暇愁，且飲美酒登高樓。

平頭奴子搖大扇，五月不熱疑清秋⑤。

玉盤楊梅為君設，吳鹽如花皎白雪。

持鹽把酒但飲之，莫學夷齊事高潔⑥。

昔人豪貴信陵君，今人耕種信陵墳⑦。

荒城虛照碧山月，古木盡入蒼梧雲。

梁王宮闕今安在⑧？枚馬先歸不相待⑨。

舞影歌聲散淥池，空餘汴水東流海。

沉吟此事淚滿衣，黃金買醉未能歸。

連呼五白行六博⑩，分曹賭酒酣馳暉⑪。

歌且謠，意方遠，

東山高臥時起來，欲濟蒼生未應晚。

① 掛席:即掛帆、揚帆之義。

② 平台:相傳為春秋時期宋皇國父所築,故址在今河南商丘東北。

③ 蓬池:其遺址在河南尉氏縣東南。

④ 阮公:指三國魏詩人阮籍。

⑤ 涤水揚洪波:出自阮籍《詠懷詩》。

⑥ 平頭奴子:戴平頭巾的奴僕。平頭,頭巾名,一種庶人所戴的
   帽巾。

⑦ 夷齊:殷末孤竹君兩個兒子伯夷和叔齊的並稱。夷齊反對武王伐
   紂,武王統一天下,二人不食周粟,餓死在首陽山。

⑧ 梁王:指梁孝王劉武。漢文帝次子。曾營造梁園並招攬天下人
   才,梁王經常在這裏狩獵、宴飲,大會賓朋。

⑨ 枚馬:指漢代辭賦家枚乘和司馬相如。

⑩ 五白、六博:皆為古代博戲。

⑪ 分曹:分對、分組。

背
景

　　《梁園吟》寫於唐玄宗天寶三載(公元 744 年),詩人遊大梁(今
河南開封一帶)和宋州(州治在今河南商丘)的時候。李白離開了
長安這塊傷心地,乘舟沿黃河而下,輾轉來到了東都洛陽。在這裏
碰到了神交已久但從未謀面的好友杜甫和高適。三人一見面就有一
種一見如故、相見恨晚的感覺,風雲際會,遍訪古城名勝,獵奇前
朝遺跡,吟詩作對,情趣盎然。

　　李白、杜甫、高適來到古吹台遊覽,樹叢之中不知誰在撫琴,
樂聲悠揚,更加撥動遊子們難以排遣的情思。他們三人席地而坐,
把酒論詩,李白揮毫在牆上寫下此詩。撫琴的梁園才女、前朝宰相
宗楚客的孫女宗煜路過這裏,被那墨跡未乾、龍飛鳳舞、氣勢磅礴

的詩作所打動，攔住想要擦拭的僧人，花千兩銀子買下此牆。李白聽聞引為知音，以《梁園吟》作聘禮，宗氏以粉牆做嫁妝。不擇吉日，結為夫妻。李白從此開始了「一朝去京闕，十載客梁園」的生活。這就是有名的「千金買壁」的故事。

旅遊看點

梁園遺址　即現開封市禹王台公園，位於河南省開封市城區的東南隅，是以現存的禹王台（古侯台）而命名的名勝古蹟公園。佔地面積 400 餘畝，以古建築為主景，以植物園區為主體，主要景點有古吹台、御書樓、乾隆御碑亭、三賢祠、禹王殿、水德祠等。相傳春秋時，晉國大音樂家師曠曾在此吹奏樂曲，故後人稱此台為「吹台」。三賢祠建於明正德十二年（公元 1517 年），是為紀念唐天寶三年（公元 744 年）李白、杜甫、高適三位大詩人在此台相會，飲酒賦詩，留下了《梁園吟》等膾炙人口的名篇而建。除文物古蹟外，公園內還有辛亥革命烈士紀念園、牡丹園、櫻花園等遊覽景區，被譽為汴梁八景之一。

開封　位於黃河中下游平原東部，地處河南省中東部。簡稱汴，古稱東京、汴京，為八朝古都，具有「文物遺存豐富、城市格局悠久、古城風貌濃郁、北方水城獨特」四大特色。開封已有兩千七百多年的歷史，是首批中國歷史文化名城，中國八大古都之一。開封是世界上唯一一座城市中軸線從未變動的都城。北宋時的東京開封城是當時世界第一大城市，是清明上河圖的原創地，有着「琪樹明霞五鳳樓，夷門自古帝王州」「汴京富麗天下無」「東京夢華」等美

譽。主要景點有國家 5A 級旅遊景區清明上河園、國家 4A 級旅遊景區龍亭公園、熱鬧古樸的宋都御街、一門忠烈的天波楊府、梵音悠遠的大相國寺、素有「天下第一塔」之稱的鐵塔公園、美名遠揚的開封府和包公祠等。

望　嶽

岱宗夫如何？齊魯青未了❶。
造化鍾神秀❷，陰陽割昏曉❸❹。
蕩胸生層雲❺❻，決眥入歸鳥❼。
會當凌絕頂，一覽眾山小。

杜
甫

❶ 夫：讀「fú」。句首發語詞，無實在意義，語氣詞，強調疑問語氣。

❷ 鍾神秀：聚集天地之靈氣，神奇秀美。

❸ 陰陽：陰指山的北面，陽指山的南面。這裏指泰山的南北。

❹ 割昏曉：分割黃昏和早晨。泰山高，同一時間，山南山北判若早晨和晚上。

❺ 層：重疊。

❻ 決眥（zì）：眥，眼角。眼角（幾乎）要裂開。決，裂開。

❼ 會當凌絕頂：終當，定要登上最高峯。「會當」是唐人口語，意即「一定要」。

背景

　　杜甫，生活在唐朝由盛轉衰的時期，其《望嶽》詩，共有三首，分詠東嶽（泰山）、南嶽（衡山）、西嶽（華山）。這首是望東嶽泰山而作。玄宗開元二十三年（公元 735 年），詩人到洛陽應進士，結果落第而歸，於是北遊齊、趙（今河南、河北、山東等地）。這首詩就是在漫遊途中所作，是現存杜詩中年代最早的一首。此詩被後人刻石為碑立於泰山。

　　如今的泰山已經成為中國傳統文化中的經典形象。成語「重於泰山」，出自漢・司馬遷《報任少卿書》：「人固有一死，或重於泰山，或輕於鴻毛。」用「泰山」「鴻毛」這兩種輕重反差極大的物體來比喻輕重懸殊的兩種事物。成語「泰山北斗」出自《新唐書・韓愈傳贊》：「自愈沒，其言大行，學者仰之如泰山北斗云。」用來比喻道德高、名望重或有卓越成就為眾人所敬仰的人。

旅遊看點

泰山 泰山亦名岱山、岱宗或岱嶽，海拔 1545 米，面積 426 平方公里，在今山東省泰安市城北。古代以泰山為諸山所宗，故又稱「岱宗」。歷代帝王凡舉行封禪大典，皆在此山，素有「泰山安，四海皆安」的說法。泰山現為國家 5A 級旅遊景區，歷史悠久，文物眾多，自古就有「五嶽歸來不看山，泰山歸來不看嶽」的說法。1983 年，泰山經國務院批准列入國家重點風景名勝區。1987 年，泰山被聯合國教科文組織列為世界自然與文化雙重遺產。景區內有山峯 156 座，崖嶺 138 座，名洞 72 處，奇石 72 塊，溪谷 130 條，瀑潭 64 處，名泉 72 眼，古遺址 42 處，古墓葬 13 處，古建築 58 處，碑碣 1239 塊，摩崖刻石 1277 處，石窟造像 14 處，著名景點有天柱峯、日觀峯、百丈崖、南天門、仙人橋、碧霞祠等。一年一度的泰山國際登山節等活動異彩紛呈。

陪李北海宴歷下亭

東藩駐皂蓋，北渚凌青荷。①②③

海右此亭古，濟南名士多。④

雲山已發興，玉佩仍當歌。⑤⑥

修竹不受暑，交流空湧波。⑦

蘊真愜所遇，落日將如何？⑧⑨

貴賤俱物役，從公難重過！⑩

杜甫

注釋

① 東藩：李北海，指李邕。北海指今天的山東益都，因在京師之東，故稱東藩。

② 皂蓋：青色車蓋。漢時太守皆用皂蓋。

③ 北渚：指歷下亭北邊水中的小塊陸地。

④ 雲山：遠處的雲影山色。

⑤ 發興：催發作詩的興致。

⑥ 玉佩：唐時宴會有女樂，此處指唱歌侑酒的歌伎。

⑦ 交流：兩河交匯。《東征賦》：「望河濟之交流」。《三齊記》：「歷水出歷祠下，眾源竟發，與濼水同入鵲山湖。所謂交流也」。

⑧ 蘊真：蘊含着真正的樂趣。

⑨ 愜：稱心，滿意。

⑩ 難重過：難以再有同您一起重遊的機會。

背景

　　天寶四年（公元745年），詩人杜甫到臨邑看望其弟杜穎，路經濟南，適逢在開元年間就與杜甫在長安結為忘年交的北海太守李邕至濟，在此亭宴請杜甫及濟南名士，會見的歡宴就安排在新建的歷下亭中。李邕、杜甫、李之芳在座，可能還有許多齊州的知名人士出來作陪。李邕與杜甫把酒長談，論詩論史，也談及了杜甫的祖父杜審言，這讓杜甫十分感激。杜甫當即賦《陪李北海宴歷下亭》詩一首。時李邕68歲，名滿天下，杜甫33歲，初出茅廬。但是李邕慧眼識珠，對杜甫可以說是有知遇之恩。

　　李邕（公元678～747年），字泰和，江蘇揚州人。唐代書法家。李邕少年即成名，後召為左拾遺，曾任戶部員外郎、括州刺史、北海太守等職，人稱「李北海」。李邕為行書碑法大家，名重一時。自撰自書碑八百通，影響最大的要數《李思訓碑》和《麓山寺

碑》。晚年在北海太守任上遭人暗算，被宰相李林甫定罪下獄，竟被酷吏活活打死。

歷下亭　歷史悠久，歷經滄桑，位置也幾經變遷。北魏至唐代歷下亭在五龍潭處，酈道元《水經注》稱「客亭」，是官府為迎接賓客而建造的。唐初始稱歷下亭。清朝初年遷至大明湖島上現址。李杜宴飲賦詩歷下亭使這座海右古亭聲名遠揚，而清代何紹基手書的「海右此亭古，濟南名士多」一聯，被懸掛在歷下亭大門兩側，成為濟南人的驕傲。現在歷下亭所在地大明湖是由濟南眾多泉水匯流而成的，與趵突泉、千佛山並稱為濟南三大名勝。大明湖歷史悠久，湖名見諸文字已有一千四百多年，唐宋時期，大明湖就以其撼人心弦的美景而聞名四海。「四面荷花三面柳，一城山色半城湖」是大明湖風景的最好寫照。

濟南　又稱泉城，素有「世界泉水之都」的美譽，有着 2700 餘年的歷史，是象徵中華文明重要起源的史前文明 —— 龍山文化的發祥地和發現地。濟南自然風光秀麗，有 72 名泉，自古就有「家家泉水，戶戶垂楊」之譽。四大泉羣趵突泉、黑虎泉、珍珠泉、五龍潭久負盛名，李清照、辛棄疾、秦叔寶、房玄齡名士輩出，是少有的集「山、泉、湖、河、城」於一體的城市。濟南主要景點有趵突泉、大明湖、千佛山、百脈泉、靈巖寺等。

寄王屋山人孟大融

我昔東海上，勞山餐紫霞。

親見安期公①，食棗大如瓜②。

中年謁漢主③，不愜還歸家④。

朱顏謝春輝⑤，白髮見生涯。

所期就金液⑥，飛步登雲車。

願隨夫子天壇上⑦，閑與仙人掃落花。

李

白

❶ 安期公：傳說琅琊郡隱士，秦漢時人，在海邊以賣藥為生，精通長生不老之術，後來得道成仙，被稱為「千歲翁」。

❷ 謁（yè）：拜謁，拜見。

❸ 漢主：唐朝人避尊者諱，也是為了免禍，諷喻當朝時，常以漢代唐，「漢主」實指「唐朝皇帝」，這裏指的是唐玄宗。

❹ 愜（qiè）：舒適，愜意。

❺ 謝：這裏指憔悴。

❻ 金液：道家為求長生而服用的藥液。

❼ 天壇：王屋山絕頂，相傳為黃帝禮天處。

背景

　　開元年間，唐玄宗在王屋山為道教上清派宗師司馬承禎敕建陽台觀，司馬承禎是李白的詩友，可能是應他的邀請，唐玄宗天寶三年（公元 744 年）李白同杜甫一起渡過黃河，去王屋山，他們本想尋訪道士華蓋君，但沒有遇到。這時他們見到了一個叫孟大融的人，志趣相投，所以李白揮筆給他寫下了這首詩。明代黃宗昌編《嶗山名勝之略》時將詩名改為《嶗山》。

　　李白 15 歲時開始遊學道教。曾同蜀中道家名流趙蕤（ruí）一起隱居岷山多年。在山中，他們養奇禽異鳥千餘隻，呼之即來，掌中取食，傳為奇聞。唐開元十三年（公元 725 年）李白在江陵與三代國師、茅山宗傳人、年近八十的高道司馬承禎不期而遇。司馬承禎去天台山即把李白列為他在天下所結識的「仙宗十友」之一。李白在魯期間也多次尋訪道友，天寶四年（公元 745 年），在齊州（濟南）的道教寺院紫極宮接受道籙，加入道士行列。李白之所以去嶗山，是因為唐朝另一位老道吳筠的慫恿。吳因為進士不第而學道，在公元 744 年遇到李白之前，已經去嵩山和茅山修煉過多年。然而

有意思的是，李白到了嶗山，印象更深的是海而不是山，所以，他先說「東海」（東邊的海，泛指，而不是現如今作為專有名詞的「東海」），然後才說「勞山」。

旅遊看點

嶗山　位於青島市東部，黃海之濱。古代又曾稱牢山、勞山、鼇山等。主峯名為「巨峯」，又稱「嶗頂」，海拔 1132.7 米，是中國海岸線第一高峯，有着「海上第一名山」之稱。當地有一句古語說：「泰山雖云高，不如東海嶗。」嶗山是道教發祥地之一，有「神仙窟宅」之稱。自春秋時期就雲集一批長期從事養生修身的方士之流，明代志書曾載「吳王夫差嘗登嶗山得靈寶度人經」。到戰國後期，嶗山已成為享譽國內的「東海仙山」。傳說秦始皇、漢武帝都曾來此求仙。成吉思汗敕封丘處機之後，嶗山全真道大興。清代中期，道教宮觀多達近百處，有「九宮八觀七十二庵」之說。嶗山景區主要包括巨峯、流清、太清、棋盤石、仰口、北九水和華樓幾個遊覽區。

青島　位於山東半島南端，別稱「琴島」「島城」，被譽為「東方瑞士」。青島原是一個小漁村，隸屬於即墨縣管轄，清光緒十七年（公元 1891 年）清政府在此駐防，逐漸成為海防要地。清光緒二十三年（公元 1897 年）11 月 14 日，德國以「巨野教案」為藉口侵佔青島，青島淪為殖民地。民國三年（公元 1914 年），第一次世界大戰爆發，日本取代德國佔領青島。民國八年（公元 1919 年），中國以收回青島主權為導火索，爆發了「五四運動」，成為中國近、現代歷史的分水嶺。民國十一年（公元 1922 年）12 月 10 日，中國北洋政

府收回青島，辟為商埠。民國十八年（公元 1929 年）7 月，國民政府設青島特別市，1930 年改稱青島市。1949 年 6 月 2 日，青島成為華北地區最後一座解放的城市，改屬山東省轄市。它三面環海，風光秀麗，冬暖夏涼，氣候宜人，被譽為「夏季的天堂」。「碧海、藍天、紅瓦、綠樹」是青島的特色。棧橋是青島的標誌。青島岬灣相間，沙軟灘平。市內具有異國風格的建築如迎賓館、八大關，造型別致，各具風韻。市區的天主教堂、嶗山的道觀廟院、珠山佛寺尼庵，莊嚴肅穆、空靈聖潔；名人故居多而密集，國內罕見。青島啤酒馳名中外、青島海鮮味道鮮美，是著名的旅遊避暑勝地。

春日望海

披襟眺滄海，憑軾玩春芳④

積流橫地紀②，疏派引天潢

仙氣凝三嶺，和風扇八荒③

拂潮雲佈色，穿浪日舒光④

照岸花分彩，迷雲雁斷行

懷卑運深廣⑤，持滿守靈長

有形非易測，無源詎可量

洪濤經變野⑧，翠島屢成桑

之罘思漢帝，碣石想秦皇⑨

霓裳非本意，端拱且圖王⑩

李世民

❶ 軾：亦作「憑式」，倚在車前橫木上。

❷ 地紀：維繫大地的繩子，借指大地。

❸ 天潢：指天上的星宿，屬畢宿，共五星。

❹ 八荒：八極。指東、西、南、北、東南、東北、西南、西北八面方向，指離中原極遠的地方。後泛指周圍、各地。四面八方遙遠的地方，猶稱「天下」。

❺ 懷卑：指海位低下。

❻ 持滿：處於盛滿的地位。

❼ 詎（jù）：豈，難道。

❽ 變野：滄海變為桑田。

❾ 碣石：山名，原在今河北樂亭縣境，後沉入海。秦始皇三十二年東巡，曾登此山，刻石紀功。

❿ 端拱：端衣拱手，無為而治。

　　這首詩作於貞觀十九年（公元 645 年）春征高麗途中。貞觀十八年十一月（公元 644 年），高麗頭領蓋蘇文發兵進攻新羅國，企圖西抗唐朝，充當朝鮮半島盟主。唐太宗李世民於是舉兵討伐。貞觀十九年三月（公元 645 年），李世民從定州出發。同月，太子詹事李世績等率主力急趨遼東，渡遼水，張亮率舟師自東萊渡海，大敗高麗軍，遂達成阻敵援軍之使命。五月中旬，唐太宗李世民渡遼水引援軍趕至前線。唐太宗親統六軍師出洛陽，征討高麗，路過蓬萊的故事家喻戶曉，久傳不衰，經過千餘年的附會演繹，已與蓬萊的地名風物融會貫通，許多逸聞典故活靈活現，令人讚歎不已。

旅遊看點

之罘　即芝罘（fú）島。橫亙於山東省煙台市區北部的海面上，又稱芝罘山，主峯高 298 米，是中國最大、世界最典型的陸連島。「芝」即靈芝，芝罘島的形狀，恰似一株巨大的靈芝；「罘」即屏障。芝罘島橫臥在黃海之中，恰似一道天然屏障，護衛着「靈芝」，有「罘」一樣的作用，因此稱之為「芝罘島」。秦始皇曾三次東巡，三次登芝罘，漢武帝晚年也曾來到芝罘，祈求長生不老藥。這裏自古就是個天然良港；早在春秋戰國時期，轉附（芝罘）就與碣石、句章、琅琊、會稽被稱為五大港口；漢晉時代成為我國北方最大口岸；唐以後芝罘一直屬於我國重要海口。

第 五 章

江作青羅帶

唐朝之前的兩廣地區還是一片尚未開發的荒蠻之地，唐朝開元年間
大詩人張九齡主持擴建大庾嶺新道，才使這裏與中原內陸的交流逐
漸加強。這裏也曾經是著名的貶謫流放之地，僅在唐朝就有像韓
愈、劉禹錫、柳宗元等著名詩人被貶官來到這裏。雖然他們仕途失
意、遠離家鄉，但他們的到來帶動了當地經濟文化的發展。如今，
詩人們的腳步已經遠去，他們的功績卻被當地的人們永記心間。
人們建祠立碑，直到今天依然矗立在這片土地上，供後人拜祭、
緬懷。

送桂州嚴大夫同用南字

蒼蒼森八桂，^①茲地在湘南。

江作青羅帶，山如碧玉簪^②。

戶多輸翠羽^③，家自種黃甘^④。

遠勝登仙去，飛鸞不假驂^⑥。^⑤

韓

愈

注釋

❶ 八桂：神話傳說，月宮中有八株桂樹。桂州因產桂而得名，所以「八桂」就成了它的別稱。

❷ 輸：繳納。

❸ 翠羽：指翡翠（水鳥）的羽毛。唐以來，翠羽是最珍貴的飾品。

❹ 黃甘：桂林人叫作「黃皮果」。

❺ 飛鸞（luān）：仙人所乘的神鳥。

❻ 不假驂（cān）：不需要坐騎。

背景

　　唐穆宗長慶二年（公元 822 年），韓愈的朋友嚴謨以秘書監任桂管觀察使（桂州總管府的行政長官），離京上任前，時任兵部侍郎的韓愈作此詩贈別。這首詩將深摯的友情寄寓在景物描寫中，清麗工穩，質樸淡遠，既是寫景名篇，又是送別佳作。詩中說桂林遠勝仙境，是鼓勵友人赴任。詩雖無一字言送別，但寬慰之意、送別之情，自在言外。

漓江　位於華南廣西壯族自治區東部，屬珠江水系。從桂林到陽朔約 83 公里的水程，酷似一條青羅帶，蜿蜒於萬點奇峯之間。漓江這一段是廣西東北部喀斯特地形發育最典型的地段。沿江風光旖旎，碧水縈廻，奇峯倒影、深潭、流泉、飛瀑參差，構成一幅絢麗多彩的畫卷，人稱「百里漓江、百里畫廊」。依據景色的不同，百里漓江大致可分為三個景區。第一景區：桂林市區至黃牛峽；第二景區：黃牛峽至水落村；第三景區：水落村至陽朔。漓江風景區遊覽勝地繁多，其中一江（漓江）、兩洞（蘆笛巖、七星巖）、三山（獨秀峯、伏波山、疊彩山）具有代表性，它們基本上是桂林山水的精華所在。

桂林山水　是對桂林旅遊資源的總稱。桂林是世界著名的風景遊覽城市，有着舉世無雙的喀斯特地貌和丹霞地貌。這裏的山，平地拔起，千姿百態；漓江的水，蜿蜒曲折，明潔如鏡；山多有洞，洞幽景奇，瑰麗壯觀；洞中怪石，鬼斧神工，琳琅滿目，形成了「山清、水秀、洞奇、石美」的自然風光，自古就有「桂林山水甲天下」的讚譽。中唐時桂林已是名聞全國的風景勝地。簪山、帶水、幽洞、奇石，歷來被譽為桂林風景的四絕，其山水洞石渾然一體的景象組合，舉世無雙。煙雨、光影、植物、動物、田園、村舍、名園、古蹟，則被稱為桂林風景的八勝。2014 年，以桂林為首的中國南方喀斯特第二期項目申遺成功，正式成為世界自然遺產。

登柳州城樓寄漳汀封連四州❶

城上高樓接大荒，海天愁思正茫茫❷。

驚風亂颭芙蓉水❸，密雨斜侵薜荔牆❹❺。

嶺樹重遮千里目❻，江流曲似九回腸❼。

共來百越文身地❽，猶自音書滯一鄉。

柳宗元

❶ 漳汀封連四州：漳為漳州；汀為汀州，今屬福建；封為封州；連為連州：今屬廣東。

❷ 大荒：曠野。

❸ 亂颭（zhān）：風吹顫動。

❹ 芙蓉水：生長着荷花的河流。

❺ 薜荔（bì lì）牆：爬滿薜荔的城牆。薜荔指一種蔓生植物，也稱木蓮。

❻ 百越：指嶺南少數民族地區。

❼ 文身地：蠻荒之地。當地人身上有文刺花繡的習俗，所以稱文身地。

❽ 滯（zhì）：阻隔。

背景

　　柳宗元（公元 773～819 年），字子厚，河東（現山西運城永濟一帶）人，世稱「柳河東」「河東先生」，因官終柳州刺史，又稱「柳柳州」。中唐詩人，唐宋八大家之一，柳宗元與韓愈並稱為「韓柳」，與劉禹錫並稱「劉柳」，與王維、孟浩然、韋應物並稱為「王孟韋柳」。

　　此詩是唐憲宗元和十年（公元 815 年）秋天在柳州所作。永貞元年（公元 805 年），柳宗元與韓泰、韓曄、陳諫、劉禹錫等八人因參加王叔文領導的永貞革新運動失敗而都遭貶為州郡司馬，這就是著名的「二王八司馬」事件。元和十年（公元 815 年），柳宗元與韓泰、韓曄、陳諫、劉禹錫等人循例被召至京師，大臣中雖有人主張起用他們，終因有人梗阻，再度被貶。柳宗元改謫柳州刺史。韓泰、韓曄、陳諫、劉禹錫也分別出任漳州、汀州、封州、連州刺史。多年的貶謫生活使柳宗元倍感仕途險惡、人生艱難。詩人到達

柳州以後，登樓之際，面對滿目異鄉風物，不禁百感交集，寫成了這首詩。

旅遊看點

柳侯祠　位於廣西柳州市柳侯公園內，原名羅池廟（因建於羅池西畔得名），現改名為柳侯祠，是柳州人民為紀念唐代著名的政治家、思想家、文學家柳宗元而建造的廟。主要由柳侯祠、柳宗元衣冠墓、柑香亭組成。在柳州任職的四年中，柳宗元興文教、釋奴婢、修城郭、植樹木、移風易俗、政聲頗著。在他病死柳州後的第三年，地方人士按照他「館我於羅池」的遺願，在羅池旁建廟以作紀念。唐代就有官紳及文人墨客遊歷柳侯祠。自宋至今，歷代文人墨客在遊柳侯祠時留下的詩詞、楹聯就有 183 首。其中最有名的是被稱為「三絕碑」的荔子碑。碑文摘自韓愈《柳州羅池廟碑》的《享神詩》。因其句首云「荔子丹兮蕉黃」，後人便稱「荔子碑」。詩讚柳侯，作者韓愈，字為蘇軾親筆，唐宋三大文豪的文采神韻凝於一碑，為柳侯祠的鎮祠之寶，其刻石技藝刀法恣肆狂放、深淺奇正、隨筆賦形，與蘇東坡雄奇、深厚的書法相得益彰，被人推為蘇東坡書法碑中第一。

（三）

經 梧 州

南國無霜霰①，連年見物華②。
青林暗換葉，紅蕊續開花③。
春去聞山鳥，秋來見海槎③。
流芳雖可悅，會自泣長沙④。

宋
之
問

❶ 霰（xiàn）：雪珠。

❷ 物華：萬物之菁華。

❸ 槎（chā）：木筏。

❹ 泣長沙：是巧用西漢賈誼的典故，表明自己在流放之中。

　　宋之問（公元 656～712 年），字延清，名少連，汾州（今山西汾陽）人，初唐詩人，善文辭，工書法，膂力過人，時稱「三絕」。與陳子昂、盧藏用、司馬承禎、王適、畢構、李白、孟浩然、王維、賀知章稱為「仙宗十友」。上元二年（公元 675 年）進士及第，早年常隨同皇上遊宴，寫過不少應制詩。後所依附武則天寵臣張易之被殺，他也被流放。他是律詩的奠基人之一，使格律詩法則更趨細密，使五言律詩的體制更臻完善，並創造了七言律詩新體。

　　景龍三年（公元 709 年）舊曆六月，中宗崩；景雲元年（公元 710 年）睿宗即位，認為宋之問曾附張易之、武三思，「獪險盈惡」而被流放於欽州（今廣西欽州市）。宋之問在唐睿宗即位的第二年春天到達桂林，同年秋天起程繼續前往流放地欽州。他乘船從漓江、桂林順流而下，經梧州再溯潯江而上，沿途有感於秀麗江山，寫出了一些絕佳的旅遊詩篇，如《下桂江縣黎壁》《下桂江龍目灘》《發藤州》等，抒發了對祖國大好山河無比的熱愛之情。《經梧州》便是其中的一首。詩歌一方面感歎梧州特有的南國風情，一方面表明自己被貶後無奈傷感的心情。

梧州　位於廣西壯族自治區東部，扼潯江、桂江、西江總匯，自古以來便被稱作「三江總匯」。梧州是廣西東大門，「古之名郡」，嶺南古城。秦始皇南取百越後，梧州納入秦帝國版圖。漢高后五年（公元前 183 年），趙佗封其族弟趙光為蒼梧王，建立蒼梧王城，此為梧州建城之始。唐武德四年（公元 621 年），始稱梧州。明成化六年（公元 1470 年），明憲宗在梧州首設總督府，這是中國歷史上首個總督府，轄廣西、廣東，梧州成為兩廣政治、軍事中心。1897 年開埠通商，成為廣西商業貿易、內河航運中心。梧州景色秀美、物產富饒、交通便捷、歷史文化底蘊深厚，文化多元，兼容並蓄。在城西白鶴山中有廣西保留完整的唐代古觀白鶴觀；在城北有紀念西江河神龍母的北宋古廟 —— 龍母廟以及全國最早建成、獨具中西方建築藝術特色的中山紀念堂；在城區中有漢代蒼梧王城舊址、宋代錢鑒鑄錢基地、明代三總府遺址、明清梧州府衙遺址及廣西大學梧州舊址；在古城南岸屹立着兩座清代古塔 —— 允升塔與柄蔚塔等景觀。

南海旅次

憶歸休上越王台，歸思臨高不易裁①。

為客正當無雁處②，故園誰道有書來

城頭早角吹霜盡⑤，郭裏殘潮蕩月回③

心似百花開未得，年年爭發被春催。

曹

松

❶ 裁：剪，斷。

❷ 無雁處：大雁在秋天由北方飛向南方過冬，據說飛至湖南衡山則不再南飛了。南海在衡山以南，故曰「無雁處」。

❸ 書：信。

❹ 早角：早晨的號角聲。

❺ 吹霜盡：此處指天亮了。廣州天氣暖和，天一亮霜便不見了。

❻ 郭：古代在城的外圍加築的一道圍牆。

　　曹松（公元 828～903 年），字夢徵，舒州（今安徽潛山附近）人，晚唐詩人。唐昭宗天復元年（公元 901 年），七十餘歲中進士。因同榜中王希羽、劉象、柯崇、鄭希顏等皆年逾古稀，故時稱「五老榜」。曹松曾官秘書正字。其詩多旅遊題詠之作，風格頗似賈島，取境幽深，工於煉字煉句。

　　此詩作於唐昭宗光化三年（公元 900 年）之前。因屢試不第，曹松長期流落在今福建、廣東一帶。這首詩就是他連年滯留南海（郡治在今廣東廣州市）時的思歸之作。作者以激蕩起伏的思緒作為全詩的結構線索，在廣州的獨特地理背景的襯託下，着力突出登高、家信、月色、春光在作者心中激起的回響，來表現他羈留南海的萬縷歸思。

旅遊看點

越王台　漢代南越王趙佗所建，遺址在今廣州越秀山。越秀山因此台而得名，亦稱粵秀山、越王山。越秀山海拔 70 米，是白雲山的餘脈。明朝永樂年間，山上曾建有觀音閣，又稱觀音山。越秀山是古代的海上戰略要地，山頂上建有鎮海樓，現為廣州的城市標誌之一。現越秀山被闢為越秀公園。公園內大部分為丘陵，園中有三個人工湖，分別是北秀湖、南秀湖和東秀湖。公園西部的山岡上矗立着一座高達 11 米的五羊石像。傳說古時周代有五個仙人各騎一隻口銜六枝谷穗的羊降臨楚庭（廣州古名），把谷穗贈給邑人，並祝人們永無饑荒。仙人言畢隱去，羊化為石。這就是廣州用「羊城」和「穗」作為代稱和簡稱的由來。五羊像被人們視為廣州的標誌。

南海　指現在的廣州市。廣州簡稱穗，別稱羊城、穗城、花城。地處中國南方，廣東省南部，珠江三角洲的北緣，西江、北江、東江水道在此匯合。廣州瀕臨南中國海，珠江入海口，毗鄰港澳，地理位置優越。廣州歷史悠久，始建於公元前 214 年。商代時廣州地區稱為「南越」，周代時又被稱為「百粵」「南海」。春秋戰國時歸屬於楚國。公元前 214 年秦始皇平南越後，在廣州地區設南海郡。其後經過兩晉、兩宋、明末三次移民高潮（移民來自中原地區，還包括楚、吳越、閩等嶺北地區），逐漸形成了廣府、客家與潮汕三大民系。廣州也是海上絲綢之路的起點，唐宋時期成為中國第一大港，明清兩代成為中國唯一的對外貿易大港，被稱為中國的「南大門」。廣州旅遊資源豐富，素以名勝古蹟眾多而聞名。主要有鎮海樓、南越王墓、陳家祠、六榕寺、光孝寺、餘蔭山房等歷史古蹟，又有毛澤東同志主辦的農民運動講習所舊址、廣州起義烈士陵園、黃花崗七十二烈士墓、黃埔軍校舊址、中山紀念堂、洪秀全故居等近現代革命歷史紀念地。

左遷至藍關示姪孫湘

一封朝奏九重天，夕貶潮州路八千。❶
欲為聖明除弊事，肯將衰朽惜殘年！❷❸
雲橫秦嶺家何在？雪擁藍關馬不前。❹
知汝遠來應有意，好收吾骨瘴江邊。❺❻

韓
愈

注釋

① 一封：指一封奏章，即《諫迎佛骨》表。

② 衰朽：衰弱多病。

③ 惜殘年：顧惜晚年的生命。

④ 藍關：藍田關，今在陝西省藍田縣東南。

⑤ 應有意：應知道我此去凶多吉少。

⑥ 瘴（zhāng）江：指嶺南瘴氣彌漫的江流。這裏指貶所潮州。

背景

　　唐元和十四年（公元 819 年）正月，唐憲宗命宦官從鳳翔府法門寺真身塔中將所謂的釋迦文佛的一節指骨迎入宮廷供奉，並送往各寺廟，要官民敬香禮拜。時任刑部侍郎的韓愈寫《諫迎佛骨》表，勸諫阻止唐憲宗，指出信佛對國家無益，而且自東漢以來信佛的皇帝都短命，結果觸怒了唐憲宗，韓愈險些被處死。經裴度等人說情，最後韓愈被貶為潮州刺史。這是韓愈一生中最大的政治挫折。潮州州治潮陽在廣東東部，距離當時的京師長安有千里之遙。憲宗盛怒之下，命韓愈「即刻上道，不容停留」。韓愈甚至來不及與京師的朋友們辭行。相伴而行的，只有自己的姪孫韓湘。在被押送出京後不久，韓愈的家眷亦被斥逐離京。就在陝西商縣層峯驛，他那年僅十二歲的女兒竟病死在路上。韓愈大半生仕宦蹉跎，五十歲才因參與平淮而擢升刑部侍郎，兩年後又遭此難，滿心委屈、憤慨、悲傷。走到藍田關口時，寫下這首詩。

　　韓愈在潮州雖只有七個月的時間，但這僅僅二百多天的時間，卻使潮州面貌煥然一新。其貢獻一是驅除鱷魚。潮州有一條江名為鱷溪，因為江裏有很多鱷魚，經常吃過江的百姓，被人們稱為「惡溪」。韓愈為驅除鱷魚還寫了一篇《祭鱷魚文》。二是興修水利，推廣北方先進的耕作技術。三是贖放奴婢。下令奴婢可用工錢抵債，

錢債相抵就給人自由，不抵者可用錢贖，以後不得蓄奴。四是興辦教育。韓愈之前，潮州只有進士 3 名，韓愈之後，到南宋時，登第進士就達 172 名，這當屬韓愈大興教育之功。八個月後，韓愈徙袁州。但潮州百姓卻把韓愈奉若神靈，祭鱷之地叫作「韓埔」，渡口叫作「韓渡」，鱷溪叫「韓江」，對面的山叫「韓山」。有詩云：「八月為民興四利，一片江山盡姓韓。」為了紀念韓愈，當地民眾在韓愈去世之後為其修建了韓文公祠，至今矗立在潮州市內。

旅遊看點

韓文公祠　坐落於潮州市韓江東岸筆架山麓，是潮州八景之一「韓祠橡木」的所在地。也是目前國內保存最完整、歷史最悠久的紀念韓愈的祠宇。韓文公祠始建於宋咸平二年（公元 999 年），距今已有八百多年的歷史。現有三層殿閣，下層為展覽廳，上層闢為韓愈紀念館，內有碑刻。

潮州　位於廣東省東北部，東北與福建省詔安、平和縣接壤，東面與寶島台灣隔海相望。潮州是潮州文化的重要發源地，有「海濱鄒魯」「嶺海名邦」之稱。此地也是廣東文物古蹟薈萃之地。潮州有眾多屬於自己的獨特文化，如潮繡、潮州戲、潮州木雕、潮州菜、潮州功夫茶、潮州民居等。有着濃郁地方色彩的潮州文化對台灣及東南亞一帶有着同根同源的深遠影響和聯繫。潮州旅遊資源也極其豐富，自古就有「到廣不到潮，白白走一遭」的民謠。主要景點有牌坊街、廣濟橋、開元寺、淡浮院、韓文公祠、隆福寺、雲峯寺等。

唐　詩　中　的　旅　遊（上）

主　　編　　李金早

責任編輯　　楊　歌

裝幀設計　　綠色人

排　　版　　沈崇熙

印　　務　　劉漢舉　賴艷萍

出　版

中 華 教 育

香港北角英皇道 499 號北角工業大廈 1 樓 B
電話：(852)2137 2338　傳真：(852)2713 8202
電子郵件：info@chunghwabook.com.hk
網址：http://www.chunghwabook.com.hk

發　行

香港聯合書刊物流有限公司
香港新界大埔汀麗路 36 號
中華商務印刷大廈 3 字樓
電話：(852)2150 2100　傳真：(852)2407 3062
電子郵件：info@suplogistics.com.hk

印　刷

美 雅 印 刷 製 本 有 限 公 司
香港觀塘榮業街 6 號
海濱工業大廈 4 字樓 A 室

版　次

2019 年 2 月第 1 版第 1 次印刷
©2019 中華教育

規　格

16 開（230mm × 150mm）

ISBN

978-988-8571-78-9